HACIA ADELANTE

M. Flores

Hacia adelante

Primera edición: 2025

ISBN: 9791387677077
ISBN eBook: 9791387677534

© del texto:
M. Flores

© del diseño de esta edición:
Caligrama, 2025
www.caligramaeditorial.com
info@caligramaeditorial.com

Impreso en España – Printed in Spain

La historia que se trasmite a continuación está narrada desde el más absoluto respeto hacia los cuerpos de seguridad del Estado. No obstante, no se pueden obviar la realidad ni los hechos acontecidos.

1

Vulnerabilidad. Ahora, en mi vida adulta, entiendo que esa es la emoción que ha predominado a lo largo de mis días. Mi etnia gitana no me lo ha puesto nada fácil, mi entorno familiar tampoco; pero echar las culpas a otros nunca ha sido mi estilo, así que la decisión de buscar mi camino se convirtió en la prioridad que ha logrado mantenerme a flote. Sin duda, esta decisión no la forjé en un solo día, cada vez estoy más convencida de que fue mi pasado quien la tomó por mí.

Mi familia, con sus tradiciones arraigadas y sus lazos indisolubles, podrían haber sido mi refugio; sin embargo, esto nunca sucedió. Mamá, una mujer depresiva, mostró su esencia desde su más tierna infancia, cuando ni siquiera aprendió a leer y escribir, ya que fue incapaz de defenderse de las burlas sufridas en el colegio. Su autoestima estaba por los suelos, lo que solo le permitía llorar y llorar en la escuela. A sus trece años, habiendo ya abandonado los estudios, Nazaret era una joven muy desarrollada para su edad, hecho que —estoy segura— ayudó a que siendo una chiquilla Rafael se enamorara de ella, incluso llegando a pedirle la mano. Este fue correspondido por mi madre y ambos se embarcaron en una tierna historia de amor, que no duraría demasiado debido a que mi abuela materna la truncaría.

A pesar de ser ajuntadora y regirse por la ley gitana más estricta, mi abuela no soportaba la idea de ese casamiento. Sí, por supuesto que deseaba que su hija Nazaret se casara joven y tuviera hijos pronto, sin embargo, no quería que esto sucediera con un simple trabajador del campo. Ella misma había sido empleada de una plantación de algodón, y no iba a consentir que su hija se conformara con tan poco.

Por su parte, Rafael, a sus veinte años, estaba convencido de casarse con ella. Su fidelidad llegó a tal extremo que decidió irse a trabajar fuera con el objetivo de poder pagar la boda cuanto antes para poder emprender su vida juntos. Momento en el que mi abuela se plantó y amenazó a mi madre: «Si continuas con esa bobada de la boda, te meteré interna hasta que te hagas adulta». El escaso carácter de Nazaret y su falta de decisión hicieron que claudicara y, finalmente, rechazó a Rafael. Este desamor la frustró mucho; es más, acarrearía un peso en su futuro que por aquel entonces no acertaba a adivinar.

Se casó con mi padre sin estar enamorado de él y velando los vientos por su anterior pareja, algo que con el paso de los años complicaría sobremanera su relación. Mi abuela había dado su consentimiento al casamiento porque Antonio era escayolista y, por aquel entonces, el sector de la construcción estaba en pleno auge. Algo que a la ajuntadora le hizo decidirse por él. El resto de la familia tampoco opuso resistencia; al fin y al cabo, los novios eran primos, condición muy bien vista entre los gitanos.

En Sevilla, en nuestro barrio, nos conocíamos todos y Antonio no tardaría en enterarse del amorío de su esposa con Rafael y lo que era peor: que Nazaret no lo amaba. Se veían a menudo y, aunque no existiera relación entre ellos, la situación para mi padre se volvió insostenible, una carga demasiado pesada para llevar sobre sus hombros. Sumido en una rabia que lo devoraba diariamente, se transformó en una sombra de su antiguo yo, marcado por la desilusión y el dolor. Eso hizo que la relación entre mis padres nunca fuera buena.

Cuando cumplí dos años, nos mudamos al barrio de las Tres Mil Viviendas. Al ver fotos de aquellos tiempos, me impresiona comprobar lo limpio y nuevo que estaba todo. Las calles recién pavimentadas, sin manchas ni grietas, y las casas con una capa fresca de pintura que brillaba bajo el sol. Los parques estaban cuidados, con césped verde y árboles jóvenes. El barrio parecía un lienzo en blanco, listo para ser llenado con las historias de quienes lo habitaban.

Papá no tardaría en engancharse a la heroína, siendo esta el desencadenante de las broncas más desmesuradas entre el matrimonio. Toda la familia dependíamos de él, y sus vicios hicieron que perdiera gran cantidad de trabajos. Evidentemente, su enfermedad no solo afectaba a su calidad como empleado, sino también a sus actitudes diarias para con nosotros. Su agresividad iba en aumento, incontrolable, frente a su mujer e hijos. Recuerdo como siendo unos niños, mi hermano Ángel —el mayor— a sus diez años rompió un cristal jugando y mi padre trató de golpearle con la pitón que hacía las veces de candado en la puerta de la terraza.

La respuesta de mi madre ante este tipo situaciones, que tenían lugar más veces de lo deseado, era «la nada»; ni el más mínimo ápice de defensa, ni siquiera un gesto de cariño. Solo lloraba y se lamentaba. De esta manera, su cobardía rigió mis días y me llevó a entender desde bien pequeña que jamás podría contar con ella. Abandonada a sus pensamientos depresivos, dejó de atender las tareas domésticas y relegó a un más que segundo plano la educación de cada uno de sus hijos. Por si fuera poco, la enfermedad de mi padre hizo que no tuviéramos ni para comer. Nosotros, que lo habíamos tenido todo gracias al auge de la construcción en España, empezamos a depender de la bondad vecinal para llevarnos comida caliente a la boca. En este caso, contar con mamá tampoco era una solución, ni siquiera se le ocurrió buscar trabajo para que pudiésemos salir adelante. Por suerte, Tere, nuestra vecina, optó por hacerse cargo de la situación. Su bondad le impedía pasar por alto la situación de aquellos cuatro críos que no solo no tenían el afecto necesario para criarse en un entorno saludable, tampoco contaban con un mísero plato de sopa caliente para cenar. Tere era como un rayo de luz en medio de la oscuridad que se cernía sobre nuestra familia. Siempre con una sonrisa en los labios y una mano extendida, estaba dispuesta a ayudar en lo que hiciera falta. No solo nos proporcionaba comida, sino que también nos brindaba apoyo emocional, algo que, por desgracia, mamá no era capaz de ofrecernos. Sus abrazos y sus palabras de aliento nos reconfortaban en los momentos más difíciles. Como cuando Nazaret decidió mudarse a Mallorca. Su hermano había hecho lo mismo y, una vez instalado allí con su familia, animó a mi madre a buscar un futuro mejor. Un futuro en el que pudiera liberarse de todos aquellos pensamientos recurrentes que la mantenían en la más absoluta desolación.

Por primera vez en mi vida, a la edad de ocho años, vi a mi madre tomar algún tipo de decisión; aunque esta no fuera la mejor de sus opciones. El caso es que se mudó a Mallorca junto a mi hermano Ángel, y al resto de mis hermanos nos dejó a cargo de mi abuela. No se lo dijo a mi padre, y cuando esté llegó a casa y descubrió que no había nadie, se volvió literalmente loco. No era tonto y supo donde buscarnos, llegando a casa de la ajuntadora hecho un miura: gritos, insultos... incluso llegó a tirarnos piedras. A pesar de mi corta edad, reconocí en seguida su violencia elevada a la enésima potencia debido al consumo de drogas. Sus ojos inyectados en sangre y su rostro contorsionado por la ira resultaban una visión aterradora. Gritaba y maldecía como un poseso, mientras buscaba desesperadamente a mi madre y a mi hermano. Mi abuela, una mujer de temple firme, intentaba calmar los ánimos, pero era como tratar de apaciguar un volcán en erupción. Sus palabras se perdían en el fragor de la batalla, ahogadas por los gritos de mi padre y las lágrimas de mis hermanos. En medio de aquel caos, me sentí impotente; sobre todo, cuando a mi abuela no le quedó más remedio que asumir que ese monstruo era mi padre y, ante la ausencia de Nazaret, tenía todo el derecho a decidir sobre donde vivirían sus hijos.

Finalmente, regresamos con él a las Tres Mil Viviendas, momento en el que tanto yo como mis dos hermanos nos dedicamos a sobrevivir. No sabíamos qué nos depararía el futuro ni cuánto tiempo más tendríamos que soportar la tormenta desatada por las acciones de nuestro propio padre, pero pronto lo descubriríamos. Para empezar, quedó claro desde el primer momento de la convivencia que, a pesar de ser menores de edad, éramos dueños de nosotros mismos. Sin reglas ni obligaciones, tuvimos que ser mis hermanos y yo quienes impusiéramos cierto orden en el día a día de nuestra nueva existencia. Debido a que yo era la mayor de los tres, tuve que encarar las tareas del hogar como hacer la compra y la comida, mantener limpia la casa, hacer la colada y demás actividades más propias de una madre que de una chiquilla de ocho años. Esto puede sonar muy heroico; sin embargo, puedo asegurar que no lo es. Más bien, lo convertí en mi forma de vida. Al fin y al cabo, ¿qué otra alternativa tenía? Mamá no estaba y papá como si no estuviese. Me puse al frente de aquella disfuncional familia porque no me quedó otra y, por supuesto, porque adoraba a mis dos hermanos pequeños y traté por todos los medios de que nuestras ausencias parentales se notaran lo menos posible.

Recuerdo los días largos y agotadores, en los que me levantaba antes del amanecer para preparar el desayuno y asegurarme de que mis hermanos estuvieran listos para la escuela. La cocina se convertía en mi refugio, el lugar donde encontraba consuelo en medio del caos que reinaba en nuestro hogar. Limpiar la casa se convirtió en un ritual diario, una forma de mantener a raya el desorden y la confusión que amenazaban con devorarnos por completo. Cada rincón relucía bajo mi escrupulosa atención, cada superficie brillaba como un reflejo de mi determinación por mantener un mínimo de normalidad en medio del torbellino de nuestras vidas. Y aunque mis esfuerzos no siempre fueron reconocidos ni valorados, no me importaba. Porque lo único que importaba era el bienestar de mis hermanos, la certeza de que, aunque estuviéramos solos en el mundo, siempre nos tendríamos los unos a los otros para apoyarnos y protegernos. Esa era mi fuerza, mi razón para seguir adelante, incluso cuando todo parecía oscuro y desesperanzador.

Durante los primeros meses de mi nueva vida, mentiría si dijera que no echaba de menos a mi madre. Si bien era cierto que su melancolía permanente me impedía mantener una relación sana con ella, no dejaba de ser mi madre. Por eso, había noches en las que me dormía llorando y me despertaba de la misma manera. Por eso, a veces las fuerzas me flaqueaban, tratando de entender lo inentendible: por qué mamá nos había abandonado. Ni una llamada, ni un mensaje a través de la abuela. Nada. Cuando asumí su abandono logré remontar un poco, centrándome en el día a día y en que a mis hermanos no les faltara de nada y en cumplir el objetivo que me fijaba cada noche antes de dormir: salir adelante. Era como un mantra que repetía en silencio, una promesa que me hacía a mí misma para mantener viva la esperanza cuando todo se derrumbaba a alrededor.

No solo me dolía la ausencia de mi madre, también echaba terriblemente de menos a mi hermano mayor. Siempre me había unido a Ángel una relación de respeto, apoyo y comprensión mutua, algo que en esos momentos no compartía con nadie. Cada noche, cuando el silencio llenaba la habitación y la oscuridad envolvía mis pensamientos, mi mente regresaba a él. Recordaba sus risas, sus abrazos reconfortantes, su presencia constante... Sin él me sentía bastante perdida.

Al año, mi madre —inesperadamente— reapareció. Llamó a casa de mi abuela y, tras enterarse de que vivíamos con mi padre, se echó las manos a la cabeza y trató de contactar con nosotros por medio de un sinfín de familiares. Sin éxito alguno. Estos temían a mi padre y su reacción si se llegaba a enterar de que habían hablado con Nazaret. Así que a esta no se le ocurrió mejor manera para solucionar la situación que enviar a mi hermano Ángel, de once años, como mediador. Me alegré tanto de verle... ¡tanto!... Sin embargo, la felicidad no duró mucho, siendo sustituida por el temor a que mi padre se levantara de la siesta y se encontrara con el recién llegado. Su enfermedad fue de mal en peor, vivía por y para la heroína y esto impedía que la normalidad se instalara en nuestro hogar. También me obligaba a convivir con una situación económica extrema y demencial, ya que, tras hacer la compra básica, el dinero sobrante debía entregárselo a él para sus gastos o vicios, como prefiráis llamarlo. La incertidumbre y la angustia se apoderaban de mí cada vez que tenía que entregarle el dinero, sabiendo que nunca sería destinado a mejorar nuestras vidas, sino a alimentar su adicción cada vez más voraz, adicción que aumentaba su agresividad día tras día.

«Mamá me ha enviado para que hable contigo y te convenza de que os vengáis conmigo a Mallorca», me dijo. Yo apenas entendía lo que decía, solo quería prevenirle de que se marchara. «Papá no está bien... vete, por favor... puede hacerte cualquier cosa», le supliqué. Sin embargo, mi insistencia de poco sirvió. Papá se despertó y en cuanto vio a mi hermano fue a por él. Conseguí interponerme entre ellos. «¡Papá, él no tiene nada que ver! Lo ha mandado mamá...». Aunque temblaba de miedo, me mantuve firme, protegiendo a mi hermano como un escudo humano contra la violencia que emanaba de nuestro padre. No sé cómo, pero conseguí calmarle.

Lo que ocurrió a continuación es digno de estudio: en vez de «rescatarnos», Ángel decidió instalarse con nosotros en Sevilla. Mi hermano no compartió con nadie esa decisión, simplemente comenzó a convivir con nosotros como si nunca se hubiera ido, mientras mi madre insistía en que saliéramos de allí. Por fin descubrió que dejar en manos de Ángel, un niño de once años, la responsabilidad de llevarnos a la isla no era buena idea; por tanto, no lo quedó otra que viajar ella misma hasta Sevilla. Llegó a hablar con el colegio, utilizando como excusa el querer saber sobre la situación escolar de sus hijos, con la clara intención de recogernos y llevarnos a Mallorca. Sin embargo, mi padre ya había puesto sobre aviso a la escuela. Indicó a los responsables que no nos dejaran irnos con ella, ya que era puta y había abandonado a sus hijos. Así que Nazaret tuvo que urdir otro plan: acompañada por mi abuela y mi tío Guillermo, compró comida y nos la trajo a las ochocientas viviendas. A mí aquella idea me pareció espantosa, más que nada porque había muchísimas posibilidades de que mi padre estuviese en casa y se desencadenara la tercera guerra mundial, como así fue. Coincidieron cuando este salió de trabajar y su ira se desplegó ante nosotros en cuanto puso un pie en casa. «¡¿Ahora?! ¿Ahora venís a dar de comer a los niños?», les gritaba a escasos centímetros de sus caras, «¡irse de aquí que no respondo!». Y era verdad. Yo sabía que era verdad, que estaba a punto de perder los papeles. En pleno forcejeo con mi tío, cuando casi tira a mi abuela al suelo, fue cuando los vecinos tuvieron que intervenir. La tensión era palpable, una sensación de peligro latente que amenazaba con estallar en cualquier momento. Las voces alteradas, el miedo reflejado en los rostros de los presentes, todo contribuía a crear un ambiente cargado de angustia y desesperación. El corazón me latía con fuerza, y cada vez que mi padre elevaba la voz, era como si una losa de plomo se posara sobre mi pecho. Entre todos, consiguieron alejar a mi padre de allí, sin llegar a reducirlo del todo, y también convencer a mi madre de que no era buena idea que siguieran en la barriada. Debían irse. Cuanto antes. Todos —incluidos mis hermanos y yo— sabíamos que Antonio Flores no iba a pasar aquella afrenta por alto y volvería en cualquier momento.

Ya con mi madre de regreso en Mallorca, los hermanos seguimos sobreviviendo cuidándonos los unos a los otros; eso sí, conmigo a la cabeza de las tareas del hogar. Esa había sido una de las razones por las que en el colegio no habían percibido señal de alarma ninguna cuando mi madre quiso acceder a nosotros. Me encargaba de hacer la comida y la colada, de limpiar, de que mis hermanos tuvieran sus enseres preparados para sus clases y un largo etcétera. Es decir, asumí el rol absoluto de cuidadora, y por qué no decirlo... de madre.

Con apenas diez años, me encontraba lidiando con responsabilidades que ni siquiera los adultos estaban preparados para afrontar. Desde el amanecer hasta el anochecer, mi vida giraba en torno a asegurarme de que nuestros días transcurrieran con un mínimo de normalidad. Preparaba el desayuno antes de que el sol se alzara en el cielo y velaba porque cada uno de mis hermanos recibiera su porción justa de afecto y cuidado. Es cierto que ellos colaboraban, pero eran pequeños y debían crear su carácter con la ausencia de referentes paternos, por eso me cargaba de paciencia cada vez que Sara, la más autoritaria y conflictiva, sacaba su genio a relucir en las más absurdas disputas con sus hermanos. La verdad es que dentro del caos de nuestra infancia también hubo momentos que ahora recuerdo con una amplia sonrisa. Como cuando Ángel estaba dormido y Sara decidió morderle el culo; o como cuando Ángel llegó abatido a casa porque el peluquero se había negado a cortarle el pelo hasta que desapareciesen los piojos de su cabellera. Ahí me planté yo, agarrando la cabeza de mi hermano al lado de la ventana del baño para que entrara toda la luz posible y dar caza a cada uno de los bichos. No lo debí hacer nada mal, ya que esa misma tarde mi hermano volvió a la peluquería y regreso a casa con el pelo más que saneado.

Entre lavadoras y platos por lavar, entre las asignaturas y los juegos en el patio de recreo, era yo quien mantenía el equilibrio precario de nuestra existencia. Mis manos, que apenas podían envolver completamente una sartén, se convirtieron en herramientas hábiles en la cocina, aprendiendo recetas básicas que me permitieran alimentar a mi pequeña familia. No había lugar para la autocompasión ni para la rendición. Cada día, al enfrentar las adversidades, recordaba la mirada inocente de mis hermanos y me fortalecía con la certeza de que, mientras estuviera allí, haría todo lo posible para protegerlos y cuidarlos.

A pesar de haber transcurrido tantos años, mi infancia sigue siendo un lienzo lleno de claroscuros, una amalgama de luces y sombras que han dejado una marca indeleble en mi alma. Recuerdo con dolor la sensación de depresión y angustia que parecían dominar mis días, como una neblina persistente que envolvía mi mundo infantil. En aquel entonces, no comprendía del todo el origen de esas emociones turbulentas, pero con el tiempo supe que me acompañarían a lo largo de toda mi vida, como fieles compañeras de viaje.

Mis recuerdos de infancia son como piezas sueltas de un rompecabezas, dispersas en el tiempo, pero vívidas en mi memoria. A mi madre la veía como una figura en constante movimiento, una especie de fugitiva en busca de un refugio en medio de la tormenta. Su rostro cansado y preocupado era el eco de las batallas que libraba a diario, luchando contra retos que parecían, según ella, empeñados en derribarla. En contraste, la visión sobre mi padre estaba marcada por una sensación de decepción y desamparo. Lo veía como un hombre atrapado en su propia impotencia, incapaz de desplegar las alas protectoras que yo anhelaba desesperadamente. Sus intentos por ser un modelo de fortaleza y liderazgo parecían desmoronarse ante mis ojos, dejándome con la sensación de estar sola en un mundo de lo más y desconcertante.

Aceptar estos sentimientos era cargar con un peso demasiado grande para mis frágiles hombros de niña. La confusión y la tristeza se entrelazaban en mi corazón, moldeando mi visión del mundo y de mí misma de una manera que aún hoy puedo sentir. Aunque el tiempo ha pasado y he aprendido a comprender mejor las circunstancias que rodeaban a mis padres, esas impresiones tempranas siguen siendo parte de mi historia, recordándome que el pasado nunca está completamente enterrado.

2

Salimos de casa, con lo puesto, directos al aeropuerto.

A mis trece años el miedo que sentí en aquel avión nada tenía que ver con la furia que se despertaría en mi padre cuando descubriera que nos habíamos ido. La decepción ante su falta de cariño y empatía me impedía sentir algo por él; tenía claro que estaba enfermo y que no podía hacer nada al respecto. Aquel temor que sentía desde que habíamos cerrado la puerta del que había sido mi hogar durante toda mi infancia, más tenía que ver con el terror a lo desconocido. Miraba por la ventanilla, observando cómo las nubes se extendían como un manto blanco y esponjoso bajo nosotros. La vista era impresionante, pero también me recordaba lo pequeña e insignificante que era en comparación con el vasto mundo que se extendía más allá de aquella ventanilla.

A pesar del torbellino de emociones que me embargaba, desde lo más profundo de mi ser emergía una chispa de esperanza, brillando como una luz en la oscuridad. Por un momento, permití que la fantasía acariciara mi mente, imaginando que este repentino cambio de escenario podría ser la oportunidad que tanto anhelábamos. Quizás, pensaba para mí misma, este nuevo comienzo nos permitiría dejar atrás el dolor que había marcado nuestro pasado, y abrirnos paso hacia un futuro de felicidad.

Mi adaptación a la nueva vida en Mallorca fue un auténtico horror. Mientras mis hermanos parecían integrarse con relativa facilidad, yo me sentía como un pez fuera del agua. No quería ni seguir estudiando; el simple pensamiento de tener que relacionarme con gente nueva me llenaba de ansiedad y nostalgia por los vecinos que habíamos dejado atrás. El ritmo de la isla no calaba en mí, cada uno iba a lo suyo sin prestar atención absolutamente a nada, y esto solo acrecentaba mi sensación de aislamiento. Cada día era una lucha interna para levantarme de la cama y enfrentar un mundo que me resultaba extraño y hostil. Caminaba por las calles de Mallorca con la mirada perdida, observando a la gente que pasaba a mi alrededor con indiferencia. Me sentía como una extraña en mi propio entorno. Por suerte, entre tanta oscuridad siempre encontraba a mi hermano Ángel dispuesto a sacarme una sonrisa o animándome a que me tomara las cosas de otra manera.

Poco tardamos en enterarnos de que mi madre mantenía una relación con un joven francés. Y poco nos importó. Bastante teníamos nosotros con adaptarnos a nuestra nueva vida, al menos yo. Además, la situación le vino grande y no tardaría en abandonarla.

Mientras Sara había decidido rodearse de las peores compañías y dedicarse exclusivamente a tontear con chicos, beber y fumar, Ángel acababa de descubrir el mundo de los videojuegos y no se separaba de su consola. Por su parte, el pequeño Javier había logrado hacerse con un grupo de niños de su edad que, sin duda, le facilitaron su llegada a la isla. Cada uno de nosotros lidiaba con la nueva realidad a su manera, buscando refugio en diferentes actividades y grupos sociales, y esto provocó que la distancia que había entre nosotros y mi madre se hiciera más evidente conforme cada uno se sumergía en su propio mundo.

Para mí, la soledad se convirtió en una compañera constante, una sombra que me seguía a todas partes. Mientras mis hermanos exploraban el mundo exterior, yo prefería adentrarme en mi universo interior, tratando de entender quién era y cuál era mi lugar en aquel nuevo mundo.

Decidí pegar carteles por la calle buscando trabajo como cuidadora de niños, chica de la limpieza, paseadora de perros... No dejaba una farola ni una marquesina de autobús sin cubrir, seguida de Ángel que me servía de guía, ya que él conocía la isla. Explorábamos cada rincón de la ciudad, desde los bulliciosos mercados hasta las tranquilas plazas escondidas entre callejuelas estrechas. Cada cartel que colocábamos era una pequeña semilla de esperanza, una oportunidad para cambiar mi situación y encontrar un propósito en aquel lugar desconocido. No tardé mucho en hacerme con una cartera de clientas muy agradecidas de que cuidara a sus hijos, los recogiera del cole, los llevara al parque, les diera la merienda... Me convertí en la niñera de la zona por excelencia, y gracias a estos ahorros pude ir al dentista y acabar con el maldito dolor de muelas que me hacía la vida imposible.

Debido a los horarios intempestivos que mamá tenía en la lavandería y a que Ángel y yo trabajábamos, tuvimos que reorganizar las tareas de casa. Sara se encargaría de hacer la compra y cocinar, y yo me centraría en la limpieza y mantenimiento del hogar. Mi hermano Ángel había conseguido empleo en una fábrica de fundición gracias a que Jaime, el nuevo novio de mi madre, lo había recomendado, y tan solo le bastaron unos días para descubrir que este no era buena gente. Siempre he admirado ese sexto sentido de mi hermano mayor para detectar a las personas; esta vez tampoco se equivocó. Resultaba más que evidente que quería a Nazaret para él solo y que de sus hijos pasaba. Las tensiones en casa aumentaron con la presencia del nuevo novio de mamá, y aunque tratábamos de mantenernos al margen, era imposible ignorar la atmósfera cargada de tensión y desconfianza que se respiraba.

Conociendo a Nazaret no nos sorprendimos cuando nos planteó que regresáramos a Sevilla y ella nos mandaría dinero para nuestra manutención. Quería una vida sin complicaciones, con su pareja; y esta vez no iba a permitir que sus hijos se volvieran a interponer como ocurrió con el francés. Cuando me planteó la idea de que regresara a la barriada, me negué. Por nada del mundo iba a separarme de mis hermanos. Habíamos pasado por demasiado juntos como para ahora dividirnos, dejando que la distancia y las circunstancias nos separaran aún más. Éramos un equipo, y yo estaba decidida a mantenernos juntos pasara lo que pasara.

El nuevo rechazo de mi madre hizo mella en mí, más de la que cabía esperar; al fin y al cabo, ya estaba acostumbrada a sus abandonos y desplantes. Aun así, me sentí terriblemente sola. Sin cariño, ni protección; sin referentes a seguir para enfocar mi día a día. Cada rechazo de mi madre era como un golpe que me recordaba mi insignificancia, mi falta de valor para ella. Me sentía como si estuviera flotando en un mar de oscuridad, sin un faro que me guiara hacia la seguridad y el calor del hogar. Mis pensamientos se volvían cada vez más oscuros, ahogándome en un abismo de desesperación y desesperanza. No le encontraba sentido a la vida. De algún modo, quise dejar de existir.

Lo intenté a base de ansiolíticos. Cada pastilla era un intento desesperado por escapar de la realidad, por encontrar un respiro en medio de la tormenta que era mi vida. Lo único que quería era dormir, la única manera en la que lograba encontrar la paz.

Ocurrió a mis catorce años, y no recuerdo mucho acerca de los días posteriores al suceso. Lo que sí recuerdo —cómo es la mente humana— es que, por aquel entonces, Ángel comenzó con su afición a las motos. Siempre con la intención de animarme, me hacía partícipe de sus descubrimientos y las novedades que conseguía leer en revistas especializadas. Supe, desde entonces, que para él la velocidad era vida. Recuerdo sus ojos brillantes, llenos de emoción mientras me hablaba sobre los diferentes modelos, las características técnicas y las hazañas de los pilotos más famosos. En medio de la oscuridad que me rodeaba, su entusiasmo era como una luz que me guiaba, recordándome que aún había belleza y pasión en el mundo. Cada vez que se subía a su moto, podía ver la liberación en su rostro, la sensación de libertad que solo la carretera abierta podía ofrecerle.

Mi sueño premonitorio tuvo lugar durante aquellos días en los que respirar me costaba la vida y solo contaba con la luz de Ángel iluminando mi camino. Fue tan real que cambió mi vida para siempre.

La lluvia y la densa niebla apenas me permitían reconocer la carretera que se encontraba bajo mis pies. Las gotas de agua caían con insistencia, empañando mi visión y añadiendo un toque de surrealismo a la escena. Poco a poco, entre la bruma, pude distinguir la silueta de una moto roja, imponente en medio de la tormenta. Ángel se acercaba hacia mí, una figura solitaria en medio de la desolación del paisaje. Lo reconocí no solo por el modelo del vehículo, sino también por su ropa tan característica. A medida que la moto se aproximaba, el sonido de su motor resonaba en mis oídos como un latido acelerado. Reconocí cada detalle de la máquina, cada matiz de color en su pintura. Era como si el sueño se desplegara ante mis ojos con una claridad sorprendente, cada detalle nítido y definido.

Sentí un nudo en la garganta al ver a Ángel al mando de la moto, su figura familiar recortada contra el telón de lluvia y niebla. Aunque mi corazón se aceleraba por el temor a lo desconocido, una sensación de alivio me invadió al ver que conducía a una velocidad segura y controlada. Era reconfortante saber que, incluso en medio de la tormenta, mi hermano era capaz de mantener la calma y el control. Pero mientras la moto avanzaba, las condiciones meteorológicas empeoraban a nuestro alrededor. La lluvia arreciaba con ferocidad y la niebla se espesaba, envolviéndonos en su manto gris y opresivo. Aun así, Ángel seguía adelante con su determinación inquebrantable.

Forzando mi vista, contemplé cómo la moto se acercaba a una glorieta en la que los carteles indicativos se mostraban en blanco, sin señalización alguna. La confusión se apoderó de mí mientras observaba cómo Ángel la atravesaba y se dirigía hacia la siguiente rotonda, de dimensiones mucho más grandes que la anterior. El paisaje se desdibujaba ante mis ojos, distorsionado por la intensa neblina que lo envolvía todo. Cada movimiento de la moto era como un eco de mi propia angustia, y a medida que avanzaba, una sensación de inevitabilidad se apoderó de mí. Adelantó a un coche antes de acceder a la glorieta, momento en el que alcancé a vislumbrar una señal desconocida para mí, pues no tenía carnet de conducir: un triángulo amarillo con un signo de exclamación en su interior. La vista de ese símbolo desconcertante me llenó de inquietud, como si fuera un presagio que se cernía sobre nosotros en medio de la neblina y la lluvia.

Entonces, vi cómo mi hermano perdía el control de su moto y el rugido del motor se transformó en un chirrido desgarrador que se mezcló con el sonido metálico del choque inminente. Por un instante, todo pareció detenerse en el tiempo, como si estuviéramos suspendidos en el aire, atrapados en un instante eterno de miedo y anticipación. El choque resonó en mis oídos con una fuerza devastadora, como un trueno que sacude el cielo en medio de una tormenta. Fue un sonido que surgió a través de la niebla de mi mente, devolviéndome brutalmente a la realidad. Pero esta vez, ya no sería nunca lo mismo. La vida, tal como la conocía, se desmoronaba en ese instante de colisión, dejando tras de sí un rastro de dolor y desesperación que cambiaría mi existencia para siempre.

La angustia que aquel sueño producía en mí era totalmente desconocida, aunque la depresión que padecía me había convertido en una experta en lidiar con pensamientos recurrentes. Sin embargo, este sueño tenía un poder sobre mí que no podía ignorar. Se apoderaba de mis pensamientos, coloreando cada momento de mi vida con una sombra de temor y ansiedad. Por supuesto, decidí compartirlo con Ángel, confiando en que él entendería mi angustia y me ofrecería apoyo. Sin embargo, su reacción me decepcionó. Se limitó a reírse, a quitarle importancia al asunto como si fuera una simple tontería. Pero, para mí, ese sueño era más que eso. Era una premonición imperiosa que no podía sacudir de mi mente. A partir de ese momento, me obsesioné con los movimientos de Ángel, vigilando sus entradas y salidas, sus planes y compañías, como si pudiera protegerlo de algún peligro desconocido si estuviera al tanto de cada detalle de su vida. La información sobre sus movimientos me proporcionaba una sensación de seguridad, una ilusión de control en medio de tanta incertidumbre.

Sin embargo, cada vez me resultaba más difícil compartir experiencias con él, especialmente cuando se trataba de su pasión por la velocidad. Cuando vino a mostrarme su nueva ropa, diseñada exclusivamente para sus escapadas en moto, sentí un escalofrío recorrer mi espalda. Ver esa tela negra con ribetes fluorescentes me transportó de vuelta a aquel sueño alarmante, y apenas podía soportarlo. En *shock* y casi in poder hablar, traté de prevenirle otra vez recordándole la ensoñación que me tenía traumatizada, pero en cuanto le pregunté si recordaba su estilismo en ella, se negó a seguir hablando del tema, le restó importancia, como siempre: «¡Qué va! No es la misma chupa, seguro...».

Tras darle incontables vueltas en mi cabeza, decidí compartir mi preocupación con mamá, a pesar de ser consciente de su incapacidad para conectar emocionalmente con sus hijos. Sabía que las probabilidades de obtener una respuesta comprensiva eran escasas, pero sentía la necesidad de intentarlo de todas formas.

Como era de esperar, mi preocupación cayó en oídos sordos. No fue que mi madre ignorara completamente mi angustia, sino que parecía incapaz de comprender su magnitud. Mis lágrimas y mi expresión de preocupación no lograron conmoverla; su indiferencia hacia mis preocupaciones se interpuso una vez más entre nosotras, dejándome sola frente a mis temores. Me vi obligada a aceptar que no podía esperar apoyo o consuelo de ella, y tuve que seguir adelante con mi vida, enfrentándome a mis miedos y preocupaciones sin el respaldo materno que tanto anhelaba.

Nuestro día a día siguió su curso y la adolescencia de mi hermana Sara irrumpió en él. Nuestros caracteres siempre habían chocado mucho, pero ahora parecía abrirse un abismo entre nosotras. No entendía su actitud ni tampoco su manera alocada de ver la vida. A sus catorce años decidió perder la virginidad con un chico que solía asistir a las fiestas flamencas que celebraba Ángel en nuestra casa. Solía asistir mucha gente, y en cuanto descubrí la relación entre Sara y aquel joven, no dudé en avisar a mi madre, un mal referente de responsabilidad, pero el único con el que contaba. «¿Qué quieres que haga yo si estoy trabajando?», fue su respuesta. Momento en el que fui más que consciente de la falta de autoridad con la que nos habíamos criado.

Era cierto que en aquel entonces mi madre trabajaba mucho, pero también lo era que seguía con el objetivo de que un hombre la rescatara. Su búsqueda de estabilidad emocional parecía ser interminable, y cada nuevo pretendiente se convertía en la posible solución a sus problemas. Creyó haberlo conseguido con Jaime y se volcó en él, rompiendo la frágil armonía familiar con la que contábamos. Nuestro hogar se vio invadido por la presencia constante de este hombre, cuya llegada no solo marcó un cambio en la dinámica familiar, sino que también generó tensiones entre nosotros. Llegué a preguntarle a mamá si de verdad creía que aquel hombre era bueno para ella, y como siempre esta hizo caso omiso. Su devoción hacia Jaime parecía cegarla ante cualquier advertencia o preocupación que pudiéramos expresarle. Con esta nueva relación, volvió a empezar mi lucha por sobrevivir, intentando mantener la estabilidad dentro de un entorno cada vez más caótico y cambiante.

No les renovaron el contrato de alquiler y Nazaret decidió alquilar dos apartamentos: uno para los niños, y otro para ella y Jaime. Por tanto, una vez más, mis hermanos y yo debemos cuidarnos los unos a los otros; algo a lo que estábamos acostumbrados, pero no por ello resultaba sencillo e indoloro. La separación física dentro del hogar reflejaba la división emocional que se estaba gestando entre nosotros, creando un ambiente de tensión y desasosiego. A pesar de los desafíos que enfrentábamos, tratábamos de mantenernos unidos. La presión de ser responsables de nosotros mismos crecía día a día, y cada decisión de mamá solo complicaba más las cosas. Nos aferrábamos a la esperanza de que algún día todo mejoraría, aunque la realidad a veces pareciera desmentir esa esperanza.

Estaba claro que, para mejorar nuestra situación, debía recomponerme, tratar de convivir con la depresión, con el pensamiento recurrente de aquel horrible sueño, y ponerme en funcionamiento. Volví a recorrerme la zona entregando currículums, dejando mi huella en cada establecimiento con la esperanza de encontrar una oportunidad. Finalmente, contactaron conmigo desde un restaurante local. Ser camarera se convirtió en mi primer trabajo importante, una oportunidad que abrazaba con ansias y que me ofrecía una nueva perspectiva. Cada mesa servida, cada sonrisa compartida con los clientes, era un pequeño paso hacia la recuperación de mi autoestima, una sensación que no experimentaba desde hacía mucho tiempo. Demasiado, quizás.

Este trabajo no solo me proporcionaba un ingreso económico indispensable para ayudar en la manutención de mis hermanos y en el sustento del hogar, sino que también me permitía retomar las fuerzas para sentirme segura de mí misma. Parecía que cierto orden regresaba a mi vida, y con ello a la de mis hermanos. Hasta que mi hermana Sara, a los catorce años, anunció que estaba embarazada. Ni siquiera aquel acontecimiento produjo que mi madre se acercara a nosotros, se mantuvo completamente ausente. Sabía que trabajaba en la cocina de un hotel mientras Jaime continuaba en la fábrica de fundición, pero poco más.

Aquella noticia tampoco afectó en exceso a mi propia hermana, su despreocupación había calado en su manera de ser y continuó con su rutina diaria, consiguiendo algunos trabajos por hora como cuidar niños y limpiar casa. Al fin y al cabo, era menor y estaba embarazada, resultaba imposible poderle conseguir un trabajo con contrato. En cambio, como siempre, a mí sí me afectó. Años más tarde, para evitar que mi abuela —la ajuntadora— volviera a pasar por una afrenta similar, tuve que realizarme la prueba del pañuelo y así recuperar la honra de la familia. Sabía que no solo estaba luchando por la dignidad de mi abuela, sino también por el legado de generaciones pasadas y por el respeto de aquellos que nos rodeaban. La decisión de someterme a la prueba del pañuelo no solo fue un acto de redención personal, sino también un tributo a la fuerza y la resistencia de mi abuela, que siempre había sabido enfrentar las adversidades con valentía y dignidad. Cuando finalmente recuperé la honra de la familia, no pude evitar sentir una profunda sensación de gratitud y alivio.

Mi hermana, como siempre, facilitándome la existencia...

A pesar de todo, la vida persistía en su marcha constante, llevándonos a través de un laberinto de experiencias y emociones. Era como si estuviéramos atados por hilos invisibles, guiados por las manos del destino en un baile interminable de sorpresas y revelaciones.

3

Conocí a Toni en un momento en el que mantener una relación no estaba ni siquiera en mis pensamientos más remotos. De hecho, siendo honesta, ni siquiera me atrajo cuando nos presentaron por primera vez. Me costó mucho verlo como algo más que un simple amigo. Sin embargo, las palabras de mi madre resonaban en mi cabeza, esas que repetía una y otra vez sobre la importancia de tener a un hombre a mi lado. Y, quizás influenciada por ese discurso arraigado en mi mente, me dejé llevar más de lo que hubiera imaginado.

La dinámica con mis hermanos tampoco ayudaba. Nuestra relación atravesaba un periodo complicado, lleno de tensiones y desacuerdos. El embarazo de Sara y que el pequeño Javier estuviera desatendido no ayudaban en absoluto a la conciliación familiar. En medio de este caos, la presencia de Toni se convirtió en un refugio, una especie de bálsamo para mi alma necesitada de cariño y estabilidad. Así que, sin darme cuenta, me sumergí en esta nueva y desconocida experiencia: mi primera relación sentimental. Cada encuentro con Toni se convertía en una oportunidad para escapar de los problemas cotidianos, para sumergirme en un mundo de complicidad y afecto. No podía negar que me sentía reconfortada por su presencia, por esa sensación de seguridad que me ofrecía. Y así, entre conversaciones, risas y complicidades, fui dejando que esa relación ocupara un lugar cada vez más importante en mi vida. Desde el principio, Toni percibió la falta de implicación de mi madre hacia nosotros, y su dedicación para aliviar esta situación fue lo que me llevó a confiar en él. El pequeño Javier, en particular, estaba muy desatendido, y cualquier muestra de afecto proveniente de alguien ajeno a nuestra familia, especialmente de Toni, era recibida con gratitud por parte de él. Fue su genuina preocupación por nuestro bienestar lo que me animó a avanzar en nuestra relación. Cada gesto de atención hacia mis hermanos y hacia mí resonaba como un indicio de su compromiso y cuidado, y eso fue lo que me impulsó a seguir adelante con él.

Por eso, cuando mi madre tomó la decisión de trasladarse a vivir con Jaime y Javier a Sevilla, la idea de mudarme con mi pareja y mi hermano Ángel a un mismo apartamento cobró fuerza desde el principio. Juntos, descubrimos que la dinámica entre los tres era excepcional. Ángel, con su trabajo en el supermercado, valoraba enormemente su independencia; entraba y salía sin necesidad de dar explicaciones a nadie, disfrutando de una libertad que sabía aprovechar al máximo. Admiraba su capacidad para llevar una vida equilibrada y saludable, enfrentándose a cada día con una energía y pasión que yo misma llegaba a envidiar. La complicidad entre él y Toni era palpable, una relación basada en el respeto mutuo y el aprecio sincero que se profesaban. Era reconfortante ver cómo se apoyaban y se cuidaban el uno al otro, formando un sólido vínculo que fortalecía nuestra convivencia como familia, una algo disfuncional, pero familia, al fin y al cabo.

Por aquel entonces, mientras mi hermana Sara convivía con el padre de su hijo y a sabiendas de que no me necesitaría para criarlo —sí, aún me preocupaba por ella—, decidí empezar a trabajar con Toni en el restaurante de su familia: él de cocinero y yo como su ayudante. A pesar de ser buenos tiempos, supe que algo en mi interior no iba bien. Era consciente de que mi ansiedad y depresión cohibían mi día a día, pero el presentimiento de que algo terrible iba a suceder suponía mucho más en mi rutina diaria. Desde la noche que soñé con el accidente de Ángel nada era igual. Cada cierto tiempo trataba de hacerme oír, volvía a rogarle a mi hermano que me escuchara y dejara la moto de lado; también seguí intentando llamar la atención sobre mi madre al respecto, pero no hubo ningún cambio de actitud por su parte. Ninguno de los dos me tomaba en serio, y aquello me mataba. Incluso Ángel llegó a decirme que estaba loca, algo que me dolió en el alma. Por otro lado, mi relación con Toni no pasaba por un buen momento. Aunque era una buena persona, su tendencia a gastar dinero de forma irresponsable era evidente. ¿Cómo era posible que, trabajando ambos, no tuviéramos suficiente dinero para hacer una compra en condiciones? Esta pregunta rondaba constantemente por mi mente, sembrando dudas sobre el futuro de nuestra relación. Pronto descubrí que su adicción al juego sería una piedra en nuestro camino, una de tantas que empezaban a surgir entre nosotros. Nada parecía funcionar como yo esperaba. La idea idílica que tenía en mente sobre crear una futura familia con él comenzaba a resquebrajarse, dejando un amargo sabor de decepción en mi interior. Cada día que pasaba, la situación empeoraba. Las discusiones eran constantes, y la falta de estabilidad económica comenzaba a afectar nuestra convivencia. Me sentía atrapada en una espiral de desilusión y desesperanza.

No pude más y hui. Hice la maleta y me trasladé a Sevilla, a casa de mi abuela. Al llegar, me encontré sumergida en un torbellino de emociones y pensamientos turbios. La sensación premonitoria sobre el accidente de Ángel me perseguía sin descanso, como una sombra oscura que se aferraba a mi mente y a mi corazón. Era una experiencia abrumadora, difícil de explicar y aún más difícil de soportar. Todo en mi vida parecía girar en torno a esa inquietante intuición, esa maldita corazonada que me atormentaba día y noche. Se había convertido en una obsesión que dominaba cada uno de mis pensamientos, cada uno de mis sueños. Ni siquiera los ansiolíticos lograban calmar mi angustia, y cuando lo conseguían, las pesadillas inundaban mis noches de terror. Recuerdo una noche en particular, en la que mi mente se sumergió en una pesadilla espeluznante. En ella, me encontraba en una morgue, observando impotente cómo alguien levantaba la sábana que cubría el rostro de un cadáver. Con horror, descubrí el rostro de Ángel, y el impacto de esa visión me sacudió hasta lo más profundo de mi ser.

No pude evitar sentir la urgencia de llamarle, a pesar de conocer de antemano su más que predecible reacción. Sabía que mis palabras caerían en oídos sordos, pero, aun así, sentía la necesidad de intentarlo. Al otro lado de la línea, su respuesta fue exactamente como la esperaba: un eco vacío de comprensión, un silencio que resonaba con la falta de empatía que tanto ansiaba. Ignoró cada una de mis advertencias, como si fueran simples murmullos perdidos en el viento. No hubo crueldad en sus palabras, pero tampoco el consuelo que buscaba. «¿Quieres morirte?». «¡Por supuesto que no!», respondió él, tajante. «Pues deja la moto o no cumplirás ni un año más». Intenté persuadirlo, rogarle que abandonara su peligrosa afición, consciente de que estaba jugando con su propia vida. Pero él se aferraba a su terquedad, escudándose en su frase habitual: «No entiendo nada, María...». Era su manera de eludir el problema, de evitar confrontar la realidad que se cernía sobre él. En ese momento, una oleada de determinación y tristeza me invadió; sentí la necesidad de expresarle lo mucho que significaba para mí. «Sé que no me crees», le confesé con el corazón encogido, «pero quiero que sepas que te quiero, hermano, y que siempre te llevaré en mi corazón». No quise que aquellas palabras sonaran a despedida, pero no pude evitar que así fuera.

Aquella conversación telefónica me había dejado exhausta, como si cada palabra pronunciada hubiera drenado mi energía por completo. A pesar de ello, los días posteriores se sucedieron uno tras otro mientras me sumergía en las tareas cotidianas junto a mi abuela. Me convertí en su sombra, ayudándola con sus quehaceres diarios: trámites bancarios, compras en el mercado, labores del hogar... Cada día se desvanecía en una neblina de obligaciones rutinarias, una marea de actividades que apenas lograban distraer mi mente de la angustia constante que me embargaba. Aquel martes, sobre la una y media del mediodía, me encontraba dándole el último hervor al puchero cuando el teléfono sonó y mi tío Guillermo se levantó de la mesa, lanzando improperios ante la interrupción de su hora del almuerzo. Al regresar a la cocina, pálido como un espectro y con la mirada vacía, mis peores temores se materializaron de golpe e inundaron cada célula de mi cuerpo. No necesité que mi tío me confirmara la noticia, sin embargo, sus palabras llegaron a mí como el eco de un susurro lejano. «Ángel ha tenido un accidente».

Poco recuerdo sobre las horas posteriores a recibir la devastadora noticia. La casa de mi abuela se convirtió en un torbellino de emociones desgarradoras: llantos desconsolados, gritos de desesperación, lamentos que resonaban en las paredes como ecos de un dolor compartido. En medio de aquella vorágine de angustia y confusión, apenas podíamos digerir la magnitud de lo sucedido, apenas teníamos información certera sobre el estado de mi hermano. Lo que jamás olvidaré fue el primer pensamiento del que fui consciente cuando la bruma inicial empezó a disipar mis sentidos adormecidos. «¿Por qué no me ocurrió a mí? Él tenía ganas de vivir; a mí, mi depresión, ya me las había arrebatado todas». Sentía el peso aplastante de la culpabilidad —no debí haber huido de su lado, debería haberme quedado—, el peso de la suerte que había favorecido mi vida en lugar de la suya. Ángel tenía tantas ganas de vivir, tantos sueños por cumplir... mientras que yo, consumida por la depresión, apenas lograba encontrar motivos para seguir adelante. La urgencia se apoderó de mis pensamientos, y mi mente, inundada por la ansiedad, se aferró a una preocupación concreta: lograr viajar hasta Mallorca para estar junto a mis hermanos. Pero el obstáculo del dinero se alzaba como una muralla infranqueable, no contaba con el suficiente para comprar el billete. Sin embargo, mis vecinos, esas personas maravillosas que siempre estaban dispuestas a tender una mano amiga, se unieron para reunir la cantidad necesaria y permitirme viajar hasta la isla al día siguiente.

Sin duda alguna, aquel viaje se convirtió en una travesía por el abismo de mis pensamientos más oscuros, un sendero plagado de remordimientos y culpabilidades que no me concedían ni un instante de tregua para el reposo, ni siquiera para permitirme el desahogo de mis lágrimas. Mis pensamientos se enredaban unos con otros, formando un laberinto intrincado de dudas y lamentaciones: «Lo sabía, lo sabía y no he podido hacer nada...». «Si me hubiera quedado a su lado, quizás...». «No, desde aquel maldito sueño premonitorio, tuve claro que tarde o temprano sucedería...». Pero no podía escapar de la certeza paralizante que había arraigado en mí desde aquel maldito sueño: tarde o temprano, el destino nos alcanzaría con su crueldad implacable. Aquel presentimiento había sido como una sentencia que pesaba sobre mis hombros, una carga que me acompañaba en cada paso del camino, recordándome que la tragedia era inevitable.

En cuanto puse un pie en Mallorca, fui directa al hospital; sin embargo, mi madre me impidió el paso, como si una sombra de culpabilidad se cerniera sobre ella por no haber prestado atención a mis advertencias, por no haber creído en aquel sueño que ahora se manifestaba como una cruda realidad. Quizás también intentaba protegerme del dolor, de la visión desgarradora de ver a Ángel postrado en una cama. A pesar de sus intentos por detenerme, en aquel momento, la razón no tenía cabida en mí. Un impulso irrefrenable me llevó a apartarla de mi camino, a rogarle que me dejara en paz. Y así lo hice, abriéndome paso hasta la habitación donde mi hermano del alma yacía, con la esperanza frágil de que mi presencia pudiera ofrecerle un ápice de consuelo.

Estaba en coma inducido, y su situación era irreversible. No atendí a más explicaciones médicas, no me eran necesarias. Sabía perfectamente cuál sería el desenlace de todo aquello, lo llevaba sabiendo durante meses; creo que fue en ese momento en el que descubrí que había aceptado el fatídico destino que nos aguardaba. Lo único que pude hacer fue tomar su mano, sintiendo la calidez de su piel, y aferrarme a la esperanza de que de alguna manera pudiera sentir mi presencia. Cuando nuestros dedos se entrelazaron, percibí una chispa, una descarga eléctrica, una conexión tangible que trascendía el mundo físico. Era como si nuestras almas se encontraran en un espacio donde las palabras no eran necesarias. En ese instante, supe que nuestra unión sería eterna, que nuestras almas estaban entrelazadas en un vínculo indestructible. «Se han cumplido tus palabras», parecía murmurarme desde algún rincón del universo, como si su voz resonara en los confines de otra dimensión.

Durante los diecisiete días que estuvo en coma, la sala de espera se llenaba con la presencia de familiares que llegaban en un goteo constante, sin importarles las incomodidades que la situación acarreaba. El hospital nos brindaba mantas para pasar las noches, pero cada vez resultaban más insuficientes para mitigar el frío que se colaba en nuestras almas. Los enfrentamientos entre mi familia materna y la paterna surgieron como una tormenta, pero pronto la necesidad de estar cerca de Ángel eclipsó cualquier disputa. Recuerdo haberles preguntado en un momento de desesperación: «¿Tiene que morir uno de nosotros para que la familia esté unida y preocupada por nuestra situación?». Mis palabras flotaron en el aire, pesadas como una losa, pero lograron su propósito. Las tensiones se disiparon y, a regañadientes, acepté la presencia de toda la familia alrededor de Ángel, aunque en mi interior no encontrara el apoyo que tanto necesitaba.

La madrugada del 17 de noviembre, al oír a través de la megafonía que requerían nuestra presencia en la habitación de mi hermano, supe que algo iba mal. Muy mal. Y no fui la única, ninguno de mis familiares contaba con el valor suficiente para enfrentarse a la inminente decisión. Se decidió que acudieran mi madre y mi tío Guillermo, y a pesar de que yo también me decidí a ir, no llegué a tiempo. Lo desconectaron de la respiración asistida, nada se podía hacer por él. El dolor me asfixiaba y respirar se convirtió en un desafío. Mi hermano, con veinte años, había dejado de existir. Mi maldita pesadilla hecha realidad. Mi único apoyo y consuelo descansaba ahora en la morgue, donde me disponía a enfrentar mi aterrador segundo sueño.

«Se cumplió», pensé mientras levanté la sábana blanca y descubrí su inerte rostro. No pude abrazarle, aún debían realizarle la autopsia. Solo pude apoyar mi cabeza sobre su pecho con un profundo sentimiento de impotencia. «Lo siento, hermano, no pude hacer nada por ti».

4

Los días posteriores a la muerte de Ángel se desvanecen en un remolino de confusión y dolor, sin encontrar una lógica temporal decente que los ordene en mi mente. Mis recuerdos son difusos, lo único que prevalece es la sensación abrumadora de abandono y vulnerabilidad, como si me hubieran arrojado a un océano de desesperación sin balsa a la vista. Nada parecía tener sentido. Dejé que los días pasaran, aferrándome a la esperanza de que todo formara parte de otra de mis pesadillas, anhelando el momento en que mi hermano cruzara la puerta de casa con su alegría contagiosa y su espíritu vivaz. Por desgracia, ese momento nunca llegó. La oscuridad se instaló en nuestra familia, envolviéndonos en un velo de tristeza que parecía no tener fin.

Su entierro fue un reflejo sombrío de nuestra pérdida. La organización del funeral resultó ser otro desafío abrumador en medio de nuestra pena. Un familiar nos proporcionó la cantidad económica necesaria para el sepelio, un gesto por el que estaríamos eternamente agradecidos. Sin embargo, el peso de esa deuda pendiente volvió a recaer en mí, recordándome la fragilidad de nuestra situación económica en medio de la tragedia. Más adelante me vería obligada a solicitar un préstamo para devolver aquel dinero.

Algo que sí recuerdo con claridad de ese día es que mi madre me pidió que volviera a casa con ella. «Estoy con Toni —fue mi respuesta—, ya he hecho mi vida». Nazaret nunca volvió a pedirme que regresara, supuse que por sentir cierta culpabilidad al no haberme hecho caso durante mis avisos de lo que le podría ocurrir a Ángel. Eso sí, su culpabilidad duró lo que el entierro de mi hermano.

Volví a casa con Toni absolutamente deprimida. La idea de que mi pareja también sintiera mucho la pérdida de mi hermano, me reconfortó en cierto sentido, pero no lo suficiente; aun así, no me quedaba otra opción que tratar de avanzar, algo terriblemente difícil cuando el mero hecho de respirar se me antojaba un mundo.

Durante un tiempo, mi padre vivió con nosotros. Sus lágrimas, como un río de dolor, intentaban purgar su alma, buscando redención por no haber podido salvar a Ángel, por no haber sido el padre que él merecía. Sin embargo, a pesar del peso de su culpabilidad, nuestra convivencia fue sorprendentemente armoniosa. En esos días grises y melancólicos, mi padre empezó a ver a Toni con buenos ojos. Reconoció su bondad, su dedicación hacia mí, y eso le ayudó a conectar conmigo de una manera que nunca habíamos experimentado. Compartir ese dolor nos unió de una forma que ninguna palabra podría expresar. Él había perdido a un hijo, yo a mi hermano, mi confidente, mi guía en esta vida incierta. En medio de ese dolor compartido, encontramos consuelo en la presencia del otro.

Por aquel entonces, mi padre estaba en tratamiento con metadona, una lucha diaria contra sus demonios internos. A pesar de sus esfuerzos por mantenerse en el camino hacia la recuperación, había momentos en los que perdía el control, especialmente cuando el alcohol y otras sustancias se cruzaban en su camino. Sus luchas con la adicción derivaban en infinidad de peleas que no pasaban desapercibidas en el pueblo. Una vez que el período de luto comenzó a desvanecerse, mi padre tomó la decisión de dejar nuestra casa y buscar refugio con mi hermana Sara. Aunque era una decisión comprensible dadas las circunstancias, dejó un vacío palpable en nuestro hogar. Su ausencia se hizo sentir no solo físicamente, sino también emocionalmente.

Mi depresión se convirtió en una carga insoportable, una sombra que oscurecía cada aspecto de mi vida. La presión en el restaurante de los padres de Toni era abrumadora, con largas horas de trabajo que se entremezclaban con los conflictos familiares propios del negocio. A pesar de mis esfuerzos y sacrificios en la cocina, nada cambiaba. Toni intentó intervenir, reclamando a su hermano la injusticia de las horas que pasaba trabajando sin poder siquiera mantener una vida digna, pero la situación no cambió. Mis días y noches se deslizaban en aquel local, una rutina agotadora que no se traducía en mejoras económicas. Los vicios de mi novio, que pesaban como una losa sobre nuestras finanzas, solo agravaban la situación. La falta de recursos para una compra decente me sumía en un estado de desesperación constante. La inestabilidad me consumía, dejándome sin apetito, sin sueño y sin ganas de vivir.

En un intento desesperado por encontrar algo de apoyo, recurrí a mi madre. A pesar de las heridas pasadas y sus rechazos anteriores, me aventuré a buscar consuelo en ella una vez más. Sin embargo, su respuesta fue fría y despiadada. Su desdén me golpeó con fuerza, negándome incluso un simple plato de comida cuando más lo necesitaba. Sus frías palabras y malas caras confirmaron lo que ya temía: su nueva relación la había alejado aún más de sus propios hijos.

Decidí que era hora de alejarme del negocio familiar, una decisión que tomé con la escasa energía que me quedaba. La presencia constante de la madre de Toni, con sus intentos por recuperar a su hijo, había convertido mi entorno en un campo de batalla constante. Era evidente que las cosas se estaban volviendo cada vez más difíciles, y opté por dejar atrás ese clima de tensión y conflictos para buscar un nuevo rumbo. Dentro de mí algo se había roto: sentía un rechazo profundo hacia Toni, una aversión que iba más allá de sus vicios y malas decisiones financieras. A pesar de ello, decidimos seguir compartiendo techo en un intento por salvar nuestra relación.

Comprendía que encontrar otro trabajo era crucial para nuestro futuro juntos, así que busqué ayuda. Fue mi hermana Sara quien me proporcionó el contacto del restaurante donde ella y Javier trabajaban, aunque no sin antes soltar una de sus habituales lindezas: «Llámales, aunque tal y como eres, dudo que aguantes». Sus palabras me hirieron profundamente, pero lo que más me dolió fue ver cómo compartía una mirada cómplice con mi hermano Javier, riéndose a mis espaldas. A pesar de sentirme humillada, no permití que su desprecio me venciera. Sin decir nada a nadie, me presenté —currículum en mano— en el Bodegón del Puerto.

A los pocos días de la extraña entrevista que tuve con ellos, llena de preguntas personales intrusivas sobre mi vida sentimental y familiar, y en la que confirmaron que era pariente de sus empleados, recibí una llamada para incorporarme como camarera en el Bodegón. Desde el momento en que puse un pie en el restaurante, quedó claro que mis jefes tenían unas formas poco convencionales de tratar a su personal. Gritos, insultos, empujones, golpes sobre las mesas... Era una actitud totalmente inaceptable hacia los empleados, y yo no fui la excepción. Entiendo que estas actitudes extrañen a cualquiera, pero en mi caso era distinto. Esas disputas me resultaban terriblemente familiares y por eso, en un principio, no les di la importancia que merecían. Además, mi orgullo no me permitía otra cosa que trabajar bajo esa presión para demostrarle a mis hermanos que era capaz de hacer frente a cualquier situación laboral.

Con el tiempo, logré ganar cierta soltura en mis tareas y mis superiores parecían satisfechos con mi desempeño. A pesar de mi baja autoestima, aquel empleo me concedió un pequeño respiro. «Al menos, sirvo para algo», pensaba.

Toni y yo finalmente logramos mudarnos y, por tanto, distanciarnos de su familia, todo gracias a una conocida mía que nos brindó la oportunidad. Yo necesitaba desesperadamente independencia, mi propio espacio donde poder respirar sin sentirme agobiada por las tensiones familiares. Sin embargo, aunque ahora contábamos con nuestro propio hogar, Toni seguía a mi lado, cual perrito faldero, y yo no se lo impedía, más por pereza y desidia que porque me uniera a él cualquier sentimiento más allá del simple cariño. Él, por su parte, continuaba sin dar muestras de querer tomar responsabilidad alguna. No contribuía con el alquiler ni los gastos, y su actitud de derroche continuaba siendo un problema constante; por eso, decidí marcar las distancias con él. Simplemente, me alejé hasta que no pude más y acabé confesándole la verdad: que no sentía nada por él, que estaba agradecida pero no enamorada, y que no me facilitaba las cosas. Fui tajante a la hora de afirmar que debíamos separar nuestros caminos y, finalmente, sería él quien abandonaría nuestro piso en común.

Con Toni fuera de mi vida y sabiendo que mi hermano Javier se turnaba para vivir entre la casa de mi madre y mi hermana, decidí que era un buen momento para que mi hermano pequeño se viniera a vivir conmigo indefinidamente. Por supuesto, le acogí sin necesidad de que me pagara nada en concepto de alquiler y gastos a pesar de contar con su nómina del restaurante en el que ambos trabajábamos, simplemente me dediqué a tratarle como toda madre trata a un hijo. Deseaba ayudarle y protegerle, darle todo aquello que sabía que mi madre le había negado.

5

Decidí sacarme el carné de conducir, una decisión que marcaba un giro en mi vida. Podría decir, como casi todo el mundo, que lo hice para ganar cierto grado de independencia y movilidad, pero estaría omitiendo la verdadera motivación que me impulsaba. Mi único objetivo era el de averiguar más sobre el accidente de mi hermano Ángel. Por eso, sin vacilar, decidí acudir a la misma autoescuela a la que había asistido él. Sabía que su profesor lo tenía en alta estima, lo cual me brindaba un atisbo de esperanza en medio de mi dolor. No tardé ni un minuto en compartir con aquel instructor el sueño premonitorio que había tenido sobre el accidente de mi hermano. Su reacción fue sorprendente, quedándose completamente en *shock*, lo cual reflejaba la gravedad de mis palabras.

Aunque carecía de los conocimientos necesarios para entender por qué mi revelación lo dejó tan perturbado, ese momento fue determinante para mí. Fue entonces cuando me fijé la meta de aprender a conducir en honor a Ángel, convirtiendo esta experiencia en algo más que una simple habilidad adquirida. Cada clase, cada práctica al volante, se convertiría en un tributo a su memoria, en un intento por comprender lo que sucedió y encontrar algún tipo de consuelo en medio de la tragedia.

Por desgracia, y debido a la gran afluencia de alumnos y a la consecuente extensa lista de espera, en la autoescuela de Ángel tan solo pude presentarme y aprobar el teórico. Ni siquiera pude contactar con el profesor de mi hermano para comunicarle mi decisión de cambiar de centro, aquello me frustraba tanto... Pero no podía perder más tiempo, así que decidí buscar otra autoescuela.

Aquel cambio no fue nada positivo para mí, no solo porque mi depresión rechazaba cualquier tipo de alteración en mi día a día, sino también porque mi nuevo profesor, consciente y aprovechándose de mi vulnerabilidad, me hizo firmar determinados recibos a los que no presté atención. Mi ansiedad me impedía desarrollar las funciones más básicas como mantener la atención en la presentación de documentos. Incluso llegué a firmar que si suspendía el examen práctico debía cursar treinta clases más antes de presentarme a la siguiente convocatoria. A este engaño se sumaron las burlas de mis compañeros, algo que llamó mi atención y razón por la que repasé cada uno de los recibos firmados. Confirmé mis sospechas: me habían estafado. Caí en la cuenta de que todo aquello era un burdo engaño para sacarme los cuartos.

¿Lo peor de todo esto? Enterarme de que mi hermana Sara, alumna también de esa autoescuela, había abandonado el centro por los tejemanejes de ese mismo instructor. Que lo supiera y no me avisara supuso un golpe terrible para mí, añadiendo un dolor insoportable a mi estado anímico. La sensación de traición y abandono se hizo aún más fuerte, convirtiendo aquel episodio en una herida abierta en mi vida.

Regresé a la autoescuela de Ángel dispuesta a esperar el tiempo que fuera necesario para lograr sacarme el carnet de conducir de una vez por todas. Al llegar, me recibió cierta sensación de familiaridad y conseguí que el profesor de mi hermano me atendiera antes de lo esperado. Durante nuestra charla, demostró una vez más su amabilidad y disposición para ayudarme. Hasta pude volver a hablar con él sobre el accidente y confirmar que la maldita señal que no reconocí en el sueño —un triángulo amarillo con un signo de exclamación en su interior— indicaba la existencia de otros peligros relacionados con el tráfico que no se especifican en otras señales. Mi interés con respecto a esa indicación y a mi pesadilla en general, despertó en el instructor la necesidad de investigar sobre el accidente de mi hermano, pudiendo confirmarme que mi sueño representaba exactamente lo que había sucedido en su accidente real.

Tener la confirmación de que mi sueño fue premonitorio y no una locura, como me habían hecho creer los de mi alrededor, supuso un gran alivio para mí. Sin embargo, necesitaba saber más; buscar algún tipo de explicación a mi premonición, y lo que era más importante para mí: ¿por qué yo? Entonces, empecé a documentarme sobre aspectos psíquicos y logré entender que existían personas con una mayor percepción sensitiva. Este descubrimiento abrió un mundo completamente nuevo para mí, uno lleno de posibilidades y misterios por explorar. Me sumergí en libros, artículos y testimonios de personas que habían experimentado fenómenos similares, tratando de encontrar respuestas a mis preguntas más profundas. Cada nueva información que descubría alimentaba mi curiosidad y fortalecía mi creencia en la existencia de una conexión más allá de lo tangible en el mundo. Con el tiempo, me di cuenta de que mi experiencia no era única, sino que formaba parte de un vasto y fascinante universo de percepciones psíquicas que trascendían la comprensión convencional.

Esta revelación causó cierta revolución en mí y reuní las fuerzas necesarias para finalizar mi relación con Toni definitivamente. No quería hacerle daño, así que simplemente decidí decir la verdad: no veía futuro a su lado. Tendría que cuidar de nuestros hijos y de él; todo esto sin apoyo familiar ninguno. El día que abandonó nuestro piso para irse a vivir con su hermana, la liberación recorrió cada célula de mi ser. Tomar esta decisión fue un proceso largo y doloroso. Durante semanas, debatí en mi interior sobre qué camino tomar, sintiendo la carga de la responsabilidad y la incertidumbre del futuro. Cada conversación con Toni era un torbellino de emociones encontradas, entre la compasión por su situación y la firme convicción de que debía seguir adelante por mi propio bienestar. A medida que avanzaba en este proceso, me di cuenta de que no solo estaba rompiendo con una relación, sino que también estaba dando un paso hacia mi propia independencia y autodescubrimiento. Descubrí una fortaleza interior que no sabía que tenía, una determinación para forjar mi propio camino y buscar la felicidad que tanto anhelaba. Aunque el camino por delante fuera incierto, me sentí liberada de las cadenas que me ataban a una vida que ya no deseaba. La sensación de alivio y empoderamiento que experimenté al tomar esa decisión fue indescriptible, como si finalmente hubiera encontrado el coraje para abrazar mi verdadero yo y seguir el camino que realmente deseaba.

Ya sola, con Javier en casa, me volqué en él. Por eso, cuando me propuso cambiarnos de domicilio a un apartamento más pequeño, decidí que, a pesar de estar contenta en aquel piso de alquiler, había llegado el momento de cumplir uno de mis sueños: comprar un piso. La idea de tener un espacio propio, donde construir mi vida me emocionaba profundamente Tanto Javier como yo trabajábamos en el Bodegón, y como sabía que era bastante complicado que me concedieran una hipoteca a mi sola, le pedí a mi hermano que me ayudara a pagar la mensualidad. Al fin y al cabo, le había acogido en mi hogar sin pedirle ni un solo euro. Recordaba los momentos en los que nos apoyábamos mutuamente, las risas compartidas y los momentos difíciles superados juntos. Pero, a pesar de todo eso, mi hermano pequeño se negó y terminó comprándose su propia vivienda. No puedo negar que su negativa me dolió, pues esperaba que él comprendiera la importancia de ese gesto para mí. Así que no me quedó otra que aceptar su decisión; sin embargo, aquella elección volvió a partirme el alma en dos. De nuevo, me encontraba en una encrucijada, donde mi familia no estaba cuando más la necesitaba. Había aprendido a ser fuerte por mí misma, pero había momentos en los que el deseo de tener el apoyo y la cercanía de mis seres queridos se volvía abrumador. La sensación de no poder contar con mi familia en momentos importantes seguía siendo una herida que no terminaba de cicatrizar.

Sinceramente, el rechazo de mi hermano pequeño dolía más que otros. Siempre lo había cuidado como si de mi propio hijo se tratara. Desde que éramos pequeños, me había dedicado a velar por su bienestar, aconsejarlo y apoyarlo en cada paso que daba. Incluso, durante dos años, mientras yo seguía pagando la hipoteca y haciéndome cargo de todos los gastos, les cedí mi piso a él y a su novia para que residiesen en él y Javier estuviera cerca de su nuevo trabajo en un hotel. Sacrificios que nunca lamenté, pues su felicidad y bienestar eran prioridad para mí.

Mientras tanto, comencé una nueva relación con un chico que conocía desde hacía años y al que no había prestado atención antes por estar con Toni. Recordaba haber compartido risas y momentos agradables con él en el pasado, pero nunca había imaginado que esa amistad pudiera convertirse en algo más. Mantenía algunas de mis pertenencias en mi piso, donde residían mi hermano y su novia, pero otras —las que usaba diariamente— las había dejado en casa de mi nueva pareja. Al principio, me sentía emocionada por explorar esta nueva etapa de mi vida, ilusionada por la posibilidad de construir algo sólido y significativo con alguien que había estado siempre presente en mi vida. Sin embargo, conforme pasaba el tiempo, comencé a notar ciertas señales de alerta que me hicieron cuestionar si había tomado la decisión correcta. Finalmente, acabaría cortando con él al descubrir que no era buena gente. Me costó reconocer que había caído en el mismo patrón de buscar la validación y el afecto en personas que no eran adecuadas para mí y descubrí, una vez más, que mi vulnerabilidad me ha hecho rodearme de personas inadecuadas.

Con mi vida personal patas arriba, centré mis esfuerzos y energías en mantener mi trabajo en el Bodegón del Puerto. La presión de pagar la hipoteca y cubrir el resto de los gastos me mantenía en constante tensión, alimentando un estrés que parecía no tener fin. Cada día era una batalla por mantenerme a flote en medio de un ambiente laboral cada vez más tóxico. La comida tradicional mallorquina, que una vez había sido mi pasión, ahora quedaba empañada por el ambiente hostil que recibía a los turistas en el local. Los gritos resonaban en mis oídos, los insultos se convertían en una banda sonora constante y los golpes sobre el mobiliario eran la señal de alarma de que la situación estaba llegando a un límite insostenible. Los clientes, que esperaban disfrutar de una experiencia gastronómica placentera, eran testigos mudos de un espectáculo de maltrato imposible de disimular. «¡Trae! ¡Que no sabes ni servir!», escuchaba a menudo, mientras luchaba por mantener la compostura ante la humillación pública. Pero la agresividad no se limitaba a las palabras. En una ocasión, uno de mis jefes trató de agarrarme de malas formas por el codo, como si mi cuerpo fuera una de sus propiedades. Ante semejante acto de violencia, me rebelé, zafándome de su mano y enfrentándome a él con determinación. Sentí que había llegado el momento de marcar los límites, de plantar cara a los abusos antes de que consiguieran acabar con la poca salud mental que me quedaba. «Que Loli te lo consienta no significa que yo también lo vaya a hacer», declaré con firmeza, desafiando el *statu quo* y reclamando mi derecho a ser tratada con respeto y dignidad.

Durante los cinco años que trabajé con Loli, una argentina con la que me llevé bien desde el principio, fui testigo de infinidad de malos tratos laborables hacia ella. Desde el primer día, percibí que compartíamos una conexión especial, quizás porque teníamos la misma edad y un carácter nervioso y alegre muy similar. Esa similitud en nuestra personalidad nos unía en la lucha diaria por sobrellevar las dificultades del trabajo en el Bodegón, aunque a veces la gravedad de la situación hacía difícil encontrar motivos para sonreír. Juntas, enfrentábamos el estrés y la presión del ambiente laboral con un toque de humor, buscando aliviar la tensión que se respiraba en el restaurante. Nos apoyábamos mutuamente, compartiendo chistes y anécdotas para sobrellevar las largas jornadas de trabajo. Sin embargo, a pesar de nuestros esfuerzos por mantener una actitud positiva, no podíamos ignorar los malos tratos que sufríamos a manos de algunos de nuestros superiores. Intentábamos apoyarnos mutuamente, encontrar consuelo en nuestra amistad y en el entendimiento que compartíamos.

La perdí la pista cuando abandonó su puesto de trabajo, supuse que había vuelto a Argentina. Sin embargo, no fue así; y no tardaría en darme cuenta de que su destino influiría en el mío de una manera genuinamente abrupta.

Ocurrió un día en el que debí enfrentarme a otro problema y en el que mi depresión estaba haciendo de las suyas en los estragos de mi concentración. El peso de la ansiedad se hacía sentir en cada pensamiento, nublando mi juicio y dificultando mi capacidad para enfrentar los obstáculos con claridad. No tenía dinero para pagar la reparación de mi coche, así que un amigo de mi madre y de su novio se ofreció a ayudarme. Para evitar que yo condujese hasta su casa y poder chequear el vehículo, dada mi ansiedad actual, se ofreció a conducirlo él y revisar el motor.

De camino, reconocí el Twingo rojo de Loli en el arcén, embestido en su parte frontal por un coche patrulla de la Guardia

Civil. El impacto fue visible en la carrocería, dejando a la vista los estragos de la colisión. Mis manos se aferraron con fuerza al asiento, mientras mi corazón latía con intensidad ante la preocupación por mi amiga. «¡Para!», le pedí al mecánico, quien frenó bruscamente el coche ante mi solicitud.

Salí del automóvil con rapidez y me dirigí al interior del vehículo accidentado, donde mi compañera se encontraba encajonada, con el asiento hacia atrás y el volante entre las rodillas. La escena me horrorizó profundamente, y un escalofrío recorrió mi espalda al darme cuenta de la gravedad del accidente. Loli parecía estar en estado de *shock,* su rostro pálido y sus ojos vidriosos reflejaban el trauma del momento. «¿Estás bien?», le pregunté. Ella afirmó con un débil hilo de voz, hecho que me preocupó hasta límites insospechados. «¿La conoce?», me preguntó entonces uno de los guardias civiles, interrumpiendo mis pensamientos con su voz grave y autoritaria. Asentí con la cabeza, confirmando que sí, que Loli era mi compañera de trabajo, mi amiga. La preocupación se reflejaba en mis ojos mientras observaba a la mujer en el asiento del conductor, cada vez más abatida por el dolor y la dificultad para respirar. A continuación, solicité que llamaran a la ambulancia, algo que ya habían hecho, aunque la espera se me antojaba interminable en medio de la angustia que me embargaba.

Mientras trataba de localizar al novio de Loli, me percaté de que esta se encontraba peor, cada vez le costaba más respirar. El aire se volvía denso y agobiante dentro del coche, aumentando la sensación de desesperación que se apoderaba de mí. Sin embargo, el segundo de los guardias que atendió el accidente se negó a que la moviéramos hasta que llegaran los sanitarios, y me vi obligada a resignarme ante su autoridad. La impotencia me envolvía, mientras las lágrimas amenazaban con desbordarse por mis mejillas. Necesitaba mantener la calma, ser fuerte por Loli, aunque en aquel momento sentía que mis fuerzas flaqueaban. Sin noticias del novio de mi amiga, volví a acercarme a ella, tratando de infundirle ánimo en medio de la desesperación que nos envolvía. «Céntrate en respirar, cariño —le dije con voz suave, tratando de transmitirle tranquilidad en medio del caos—. La ambulancia está de camino». Sus labios temblaron al intentar responderme, y su voz salió entrecortada por el esfuerzo que le costaba inhalar el aire. «No puedo... no me llega... el air...», fue lo único que logró articular. Momento en el que el primero de los guardias decidió que, si no actuábamos de inmediato, la situación de Loli podría volverse aún más crítica. La urgencia en su voz reflejaba la gravedad del momento, aumentando mi ansiedad y desesperación. «¡Ayúdeme!» —le pidió al mecánico, su tono suplicante resonaba en el aire tenso que nos rodeaba—, intentemos echar el asiento más para atrás». El mecánico asintió con determinación, sus manos expertas trabajando con rapidez para cumplir con la solicitud del guardia. Mientras tanto, el segundo de los guardias, con gesto decidido, se acercó a Loli y rápidamente inmovilizó su cabeza para evitar cualquier movimiento indeseado que pudiera empeorar su estado. Su acción precisa y rápida demostraba la profesionalidad y la dedicación con la que actuaban en situaciones de emergencia. Aquel gesto, que en ese momento me pareció un detalle menor, resultaría ser crucial para salvar la vida de mi amiga.

Con esfuerzo y determinación, lograron liberar a Loli del encajonamiento en el que se encontraba, abriendo un pequeño espacio que permitía un poco más de movimiento. Un suspiro de alivio escapó de mis labios al ver que la situación parecía estabilizarse, aunque la preocupación seguía latente en mi corazón. La tensión en el ambiente se disipó ligeramente, dejando paso a un sentimiento de esperanza mientras esperábamos la llegada de la ambulancia.

En cuanto esta llegó, la inmovilizaron. Los paramédicos actuaron con rapidez y profesionalidad, rodeando a Loli para evaluar su estado y comenzar a proporcionarle la atención médica que necesitaba con urgencia. El bullicio a mi alrededor se intensificó, mezclándose con el sonido de las sirenas y el trajín de los equipos de emergencia que se movían con eficiencia para estabilizar la situación. «María, por favor, coge mis cosas del coche», me pidió Loli con voz débil antes de que desapareciera tras las puertas del vehículo, donde empezarían a tratarla. Sus palabras resonaban en mi mente, recordándome la urgencia de actuar y ayudar en todo lo que estuviera en mi mano.

Me encaminé hacia el Twingo, con la mente en un torbellino de emociones y preocupaciones, cuando fui interceptada por el tercer agente, quien hasta ese momento no se había dirigido a mí. «Que sepas que, si ocurre algo, tú vas a ser la culpable», me espetó con una frialdad que me heló la sangre. Sus palabras resonaron en mi cabeza como un eco ominoso, sembrando la semilla de la duda y el miedo en mi interior. ¿A qué se refería? ¿Qué había hecho yo para merecer una amenaza tan siniestra en medio de aquel caos? Con la ansiedad por las nubes al encontrarme presente en un accidente de tráfico tan similar al que había sufrido mi hermano, me vi paralizada por el temor y la incredulidad. Mis manos temblaban, mis piernas apenas sostenían mi peso y apenas podía mantenerme en pie ante la avalancha de emociones que me abrumaban. Decidí ignorar al agente y dirigirme hacia la ambulancia, buscando refugio en la esperanza de recibir noticias positivas sobre el estado de Loli y entregarle sus pertenencias. Sin embargo, no era consciente de que aquel agente, Pablo Díaz, no sería la última vez que cruzaría mi camino. «¿Estás bien?», me preguntó el mecánico, interrumpiendo mis pensamientos. Simplemente afirmé con un gesto, incapaz de articular palabra, sintiendo que las fuerzas me abandonaban ante la abrumadora carga emocional que llevaba sobre mis hombros.

Ni siquiera había pasado un minuto mientras esperaba a que me informaran sobre el estado de Loli cuando me pareció notar, repentinamente, más peso en la bolsa de las pertenencias de mi amiga. Un instante de sorpresa y confusión se apoderó de mí, mientras observaba con atención al mecánico, tratando de entender lo que estaba sucediendo. La idea de que alguien pudiera aprovecharse de una situación tan delicada como aquella me resultaba inconcebible, pero la evidencia frente a mis ojos no dejaba lugar a dudas. Me pareció ver cómo el mecánico, y amigo de mi madre, introducía su mano dentro de la bolsa, su gesto furtivo y apresurado revelaba sus intenciones ocultas. Dudé por un momento, mi mente luchando por procesar lo que estaba presenciando. ¿Realmente estaba ocurriendo aquello? ¿Era posible que en medio de la emergencia alguien intentara cometer un acto tan despreciable como robar las pertenencias de mi amiga?

No me encontraba en las mejores condiciones para asimilar aquel descubrimiento, la angustia y el estrés del momento nublaban mi juicio y dificultaban mi capacidad para reaccionar con claridad. Sin embargo, decidí enfrentar la situación directamente, sin dar lugar a dudas o suposiciones. Decidí preguntarle, buscando una explicación que pudiera justificar aquel comportamiento inaceptable. «Sí, tengo su móvil —respondió él con frialdad, su tono desafiante resonando en el aire cargado de tensión—, como digas algo, te dejo aquí tirada y te echo la culpa». Sus palabras me golpearon como un puñetazo en el estómago, dejándome sin aliento y sumiéndome en un estado de absoluta confusión. La amenaza velada resonaba en mi mente, sembrando el miedo y la desesperación en mi interior.

Me quedé completamente paralizada, abrumada por la magnitud de la situación y la falta de opciones claras ante mí. El ruido de los vehículos, los sanitarios corriendo de un lado a otro, el humo del accidente que flotaba en el aire... todo parecía venírseme encima como una losa. Pensé en avisar a alguno de los guardias civiles que aún permanecían cerca, pero la angustia y el miedo ante la amenaza del agente Díaz me paralizaron.

Opté por callar, sintiendo el peso de la culpa y la impotencia aplastándome el pecho. Las palabras se atascaban en mi garganta, ahogadas por el torrente de emociones que amenazaban con inundarme por completo. Sentía como si estuviera atrapada en un laberinto sin salida, rodeada por paredes invisibles que me impedían expresar el torbellino de sentimientos que se agitaban dentro de mí. La culpabilidad me cubría cual manta pesada, envolviéndome en su abrazo sofocante y dejándome sin aliento.

6

A la semana siguiente tuve que acudir a la comandancia civil para confirmar que me había hecho cargo de las pertenencias de Loli. Me presenté allí libre de cualquier tipo de preocupación, ya que entendía que era parte del protocolo del accidente del que fui testigo. Acompañada por uno de los guardias que había ayudado en la liberación de Loli, accedimos a una sala en la que se me informó que había desaparecido el teléfono móvil de la víctima, y que esa era la razón de mi presencia allí.

Por mi parte, la medicación, mi depresión y mi ansiedad habían hecho estragos en mi memoria, y había olvidado por completo lo acontecido con el teléfono de mi compañera y el mecánico. Sin embargo, traté de mantenerme firme en mi defensa, consciente de que cualquier vacilación podría interpretarse como una admisión de culpabilidad. «¿Me estás acusando de algo?». El silencio se instaló ante mis palabras. Aquella situación me resultaba surrealista, como si estuviera atrapada en una pesadilla de la que no podía despertar. Decidí dar rienda suelta a mi enfado, dejando que las palabras brotaran de mis labios con una fuerza que ni yo misma sabía que tenía. «A ver si lo entiendo: hay un accidente, ayudo a la víctima, trato de hacerlo lo mejor posible y... ¿se me reclama un móvil?», exclamé con incredulidad, dejando que la ironía impregnara mis palabras.

La injusticia de la situación me golpeaba con fuerza, haciéndome sentir impotente ante las acusaciones infundadas que se cernían sobre mí. Mi mente se debatía entre la indignación y el miedo, mientras trataba de encontrar una explicación lógica para lo que estaba ocurriendo. Y la encontré. Finalmente, aquel guardia civil reconoció que había llegado a sus oídos que yo les había acusado a ellos de la sustracción del terminal. No pude articular palabra ante aquella sarta de mentiras, me quedé totalmente sorprendida. Entonces, la puerta se abrió de golpe, interrumpiendo mis pensamientos y dejando paso al agente Díaz, aquel que me había amenazado en el accidente con que, si ocurría algo malo, yo sería la culpable. Una sensación de temor y desconfianza se apoderó de mí al verlo entrar, recordando las palabras amenazantes que me había dirigido aquel fatídico día. «Qué casualidad...», pensé con amargura, reconociendo en aquel encuentro una continuación de la pesadilla en la que me encontraba atrapada. La presencia de Díaz solo aumentaba mi sensación de desamparo, como si estuviera siendo arrastrada por una corriente imparable hacia un abismo oscuro y desconocido.

De muy malas maneras, le ordenó al guardia que hablaba conmigo que saliera de la sala. En cuanto me quedé sola, los gritos de Pablo Díaz resonaron en la estancia con una intensidad que me heló la sangre. «Pero ¿¡cómo no va a ser ella!? Cojones... ¡a ver si aprendes a hacer bien tu trabajo de una puta vez!», rugía con una ferocidad que me recordaba a un animal herido en su agonía. Cada palabra era como un golpe directo a mí y a mi ya frágil estado emocional, alimentando mis temores y mis dudas sobre lo que realmente estaba ocurriendo.

Fue el guardia civil que me había acompañado a la sala quien también lo hizo a la salida de la comandancia. Reconozco que durante los días posteriores me fue difícil concentrarme, no solo en el trabajo, también en mi día a día. Cada uno de mis pensamientos estaba invadido por la preocupación y el temor, como si una sombra oscura se cerniera sobre mí, amenazando con engullirme por completo. Sabía que enemistarme con la Guardia Civil mallorquina era una idea nefasta, pero es que yo no había buscado ningún tipo de enfrentamiento con ellos. Simplemente, había auxiliado en un accidente y el agente Díaz me había amenazado. Evidentemente, era consciente de que la sustracción del móvil de Loli llevada a cabo por el mecánico era real, pero ni siquiera en ese aspecto yo tenía culpa alguna. La injusticia de la situación me resultaba abrumadora, como si estuviera atrapada en un laberinto sin salida, incapaz de encontrar una solución a mis problemas.

A pesar de todo el estrés que esta situación acarreaba en mi salud mental, tuve que sacar fuerzas de donde no las tenía para seguir adelante, para enfrentar cada día con determinación, aunque por dentro me sintiera rota y desamparada. El peso de las responsabilidades pendientes se hacía cada vez más agobiante, recordándome constantemente que no podía permitirme el lujo de rendirme. Seguí trabajando en el Bodegón, bajo el mismo ambiente tóxico de siempre, porque tenía facturas que pagar.

Aquel día pareció empezar, en el restaurante, como todos los demás: gritos, malas formas, insultos, humillaciones... El ambiente en el lugar resultaba opresivo, cargado de tensión y hostilidad, como si el aire mismo estuviera impregnado de una energía negativa que lo envolvía todo. El calor era agobiante y la humedad sofocante, haciendo que cada respiración fuera un esfuerzo y cada movimiento una lucha contra las condiciones adversas. Las moscas revoloteaban sin descanso, zumbando en el aire con un sonido molesto y persistente que se volvía cada vez más insoportable. Por más espray antinsectos que rociara en la estancia, parecía que nunca lograba deshacerme de ellas por completo. Eran como pequeños tormentos que se negaban a marcharse.

La jornada comenzó cuando el *maître* instaló cerca de la puerta, con las mejores vistas, a la primera pareja de comensales. Se trataba de Eduardo Moreno, guardia civil, y su mujer, ambos asiduos al restaurante. Su presencia no pasó desapercibida, y aunque eran habituales en el lugar, parecían traer consigo una atmósfera de tensión que no podía ignorarse. Una vez que el *maître* les tomó nota, me dediqué a prepararles la mesa con la misma profesionalidad de siempre. En ningún momento se dirigieron a mí, ni siquiera cuando les saludé con un «buenos días» de lo más educado. Su indiferencia me desconcertó, pero no me sorprendió del todo, pues estaba acostumbrada a lidiar con todo tipo de comensales, incluidos los serios y cortantes.

Cuando la pareja empezó a degustar el segundo plato, oí cómo la mujer alababa el frito mallorquín, pero protestaba porque las moscas no la dejaban comer tranquila. La situación me resultaba familiar, pues lidiar con las molestias de los insectos era algo común en aquel entorno. Así que decidí actuar como siempre, mostrando disposición para facilitar a los clientes su estancia en el restaurante. «Disculpen la molestia, ¿puedo hacer algo para ayudarles?», me ofrecí con cortesía, esperando resolver el inconveniente y asegurarme de que disfrutaran de su comida sin contratiempos. Pero la respuesta de la mujer fue sorprendente y de lo más desagradable. Molesta por mi intervención, se dirigió a mí con una absoluta cara de asco: «¿Y tú quién eres?», preguntó con desdén, como si mi mera presencia fuera una ofensa para ella. Aunque me sentí herida por su actitud, intenté mantener la compostura y respondí con calma: «Una camarera». Sin embargo, lejos de apaciguar la situación, mi respuesta solo avivó su furia. La mujer llamó al *maître* y solicitó mi despido inmediato a gritos, como si hubiera sido yo quien había cometido una falta grave. La humillación y la injusticia del momento me dejaron sin aliento, mientras luchaba por contener las lágrimas y mantener la dignidad ante aquel ataque inesperado, que no sería el último. Cada palabra despectiva y cada gesto de desprecio se clavaban en lo más profundo de mi ser, erosionando mi confianza y socavando mi autoestima.

Cuando quise defenderme, fui interrumpida por el *maître*, quien, como era de esperar, tomó partido en contra mía. A gritos y frente a los clientes, me ordenó callarme, quitándome la poca dignidad que me quedaba y dejándome sin voz en mi propia defensa. La impotencia y la frustración se apoderaron de mí, mientras veía cómo mis esfuerzos por hacer valer mi verdad caían en saco roto. Pero las cosas no terminaron ahí. La mujer, envalentonada por el respaldo del *maître*, comenzó a presumir de su supuesta influencia, amenazándome con usar la autoridad de su esposo —guardia civil— para echarme de mi puesto de trabajo. Sin sorpresa alguna, el *maître* le dio la razón y acudió a llamar al dueño del restaurante, como si mi presencia fuera un problema que debía ser solucionado de inmediato. La sensación de injusticia y abandono me embargaba, mientras me preguntaba qué había hecho yo para merecer un trato tan cruel y despiadado.

Ante tal injusticia, me enervé. No lo pude evitar. Traté de volver a defenderme, pero de nuevo el *maître* y sus malos modos me lo impidieron. Sentía que mi voz se ahogaba en un mar de desprecio, incapaz de hacerse escuchar en medio del tumulto de acusaciones y descalificaciones falsas. No pude soportarlo más. Con el corazón en un puño y las lágrimas amenazando con brotar, me dirigí a la cocina en busca de refugio, deseando escapar de aquel ambiente tóxico que me asfixiaba. Desde allí, observaba impotente cómo el *maître* calmaba a la mujer con palabras suaves y sumisas, cediendo ante sus exigencias como si fueran órdenes divinas. «Por supuesto, se hará lo que usted dice», escuché decir al *maître*, con una deferencia exagerada que me resultaba nauseabunda. Me sorprendió bastante la actitud del agente Moreno, que no paraba de pedirle sosiego y tranquilidad a su esposa, como si intentara apaciguar el fuego avivado. Su gesto de compasión me reconfortó ligeramente, pero no pudo disipar el amargo sabor del abuso que se había cernido sobre mí.

La vergüenza y la humillación seguían consumiéndome, cuando la pareja abandonó el restaurante, dejándome sumida en un mar de emociones contradictorias. Sentía el peso de la injusticia y la indignación ardiendo en mi pecho, mientras mis jefes me ordenaron reincorporarme al trabajo como si nada hubiera pasado, como si las heridas que me habían infligido pudieran sanar de la noche a la mañana. Por un momento, dudé si coger la puerta en ese mismo instante y marcharme para no volver jamás. El impulso de escapar de aquel ambiente nocivo y opresivo era abrumador, pero la cruda realidad me recordaba que tenía responsabilidades que cumplir. Debía pagar mi casa, no podía permitirme el lujo de quedarme sin trabajo, aunque eso significara soportar el peso de la injusticia y la humillación día tras día.

A pesar de cada uno de mis esfuerzos, llegué a un punto en el que ya no pude afrontar la hipoteca y me vi obligada a tomar una difícil decisión: alquilar mi vivienda y buscar otro lugar donde residir. Fue muy duro para mí tener que renunciar a mi hogar, a mis sueños, a todo lo que había construido con tanto esfuerzo. Pero no me quedaba otra opción si quería mantenerme a flote, si quería evitar que la situación empeorara aún más.

Cuando decidí pedir ayuda a mi hermana Sara, pensé que encontraría un mínimo de comprensión y apoyo en ella. Sin embargo, su respuesta fue fría y desalentadora. «Lo has hecho fatal. No deberías haber abandonado tu casa, eso es problema tuyo», fueron sus duras palabras, que resonaron en mi mente como un eco de desprecio y desdén. Aquello me hirió más de lo que hubiera querido admitir. Pero su necesidad de dinero resultaba evidente y al final cedió a mi petición de ayuda a cambio de doscientos euros en concepto de alquiler.

Conviviendo con ella, ya no estaba con el padre de su hijo; ahora compartía piso con su nueva pareja, un chico latino. Fue un ajuste difícil para mí tener que adaptarme a la dinámica de convivencia entre ellos dos y mi sobrino. Desde el principio, Sara me trató como una mera inquilina, no como una hermana. A pesar de haber trabajado juntas en el Bodegón y de ser plenamente consciente de los malos tratos que había sufrido, no mostró ni un ápice de empatía hacia mí. Era un contraste doloroso con la forma en que yo la había apoyado durante su niñez y su embarazo, siempre dispuesta a tenderle una mano cuando más lo necesitaba.

A medida que pasaban los días, me sentía cada vez más como una extraña en aquel hogar, una intrusa en una familia que ya no se reconocía como parte de ella. A pesar de mis esfuerzos por integrarme y hacer que las cosas funcionaran, siempre había una barrera invisible que me separaba de ellos, un muro de indiferencia y desapego que se interponía entre nosotros.

Cuando Sara me pidió subir el alquiler a trescientos euros, me negué rotundamente, no sin antes tratar de hacerle entender mis problemas económicos. Pero lo que esperaba que fuera una conversación tranquila y razonable se convirtió en un enfrentamiento lleno de agresividad.

«Entonces, ¡márchate de aquí! —me espetó, elevando la voz y enfrentándose a mí con una furia que me dejó atónita—. ¡Porque la que está haciendo aquí el favor soy yo!». Su desprecio dejó claro que el simple hecho de dejarme vivir bajo su techo se trataba de un acto de generosidad que yo debía agradecer de rodillas. Sara trató de agredirme, pero por suerte su pareja se interpuso entre nosotras, evitando que las cosas llegaran a mayores.

Evidentemente, tras aquel incidente, resultaba obvia mi urgencia de encontrar otra residencia donde vivir. Con el corazón en un puño y una sensación de desamparo que me ahogaba, acudí a mi hermano menor, Javier, en busca de ayuda y apoyo. Sin embargo, para mi sorpresa y desilusión, él también me negó la posibilidad de instalarme con él y su pareja. Fue un golpe devastador descubrir que mi propio hermano prefería centrarse en su relación en lugar de acoger a su propia hermana en un momento de necesidad. Aquel rechazo me hizo sentir como si todo el apoyo y el amor que le había dado a lo largo de los años no significaran nada, como si nuestra relación se desvaneciera en un instante, sepultada bajo el peso de la indiferencia y la falta de empatía. El cisma que se abrió entre nosotros fue más profundo de lo que jamás hubiera imaginado, superando cualquier tipo de enfado pasado o diferencia de opiniones. Me sentí abandonada y traicionada, incapaz de comprender cómo alguien que conocía tan bien podía darme la espalda en mi momento de mayor necesidad. Pero al mismo tiempo, me obligó a enfrentar la cruda realidad de mi situación y a buscar soluciones por mí misma, sin depender de la ayuda de los demás.

Acabé aceptando una habitación en casa de una compañera de el Bodegón, por doscientos euros. El hecho de que ella entendiera mi precaria situación económica y accediera a ajustarse a mi presupuesto fue un pequeño rayo de esperanza en medio de la oscuridad que había sido mi búsqueda de un nuevo hogar. Su gesto de solidaridad y comprensión me reconfortó, especialmente después del rechazo doloroso de mis dos hermanos, quienes parecían estar más preocupados por sus propios intereses que por el bienestar de su propia hermana. Sin embargo, el alivio pronto se convirtió en preocupación cuando me vi obligada a compartir mi habitación con la hijastra de su marido. Esta visitaba la ciudad de vez en cuando, pero aquella situación no entraba en mis planes, y mucho menos había sido informada de ello o había dado mi consentimiento. La falta de comunicación y el hecho de que no se hubieran establecido límites claros desde el principio comenzaron a crear tensiones innecesarias, erosionando poco a poco la armonía que había esperado encontrar en mi nuevo hogar.

A pesar de mi gratitud hacia mi compañera por brindarme un techo, no podía ignorar el hecho de que mi privacidad y mi espacio personal estaban siendo invadidos de manera constante. Cada vez que compartía espacio con la hijastra, me veía obligada a ceder parte de mi intimidad y confort. Aun así, y ante mi precaria situación económica, en ese momento no contaba con una mejor opción. Con mi casa alquilada para poder pagar su hipoteca, y sin la ayuda de absolutamente nadie, me vi obligada a aceptar la realidad tal como se presentaba y a ceder parte de mi intimidad para poder asegurarme un techo, un lugar donde sobrevivir.

De la misma manera, me encontré obligada a continuar trabajando en el Bodegón, a pesar de la toxicidad que impregnaba el ambiente y el impacto devastador que estaba teniendo en mi salud física y mental. Cada día era una batalla cuesta arriba, luchando contra la ansiedad y el estrés, mientras me sumergía en un mar de ansiolíticos y pensamientos turbadores sobre el abandono de mis hermanos y la falta de contacto con mi madre. La atmósfera opresiva del restaurante se había convertido en un reflejo de mi propio estado de ánimo, alimentando mi depresión y haciéndome sentir aún más atrapada en un ciclo interminable de desesperación y desesperanza. Cada turno era una prueba de resistencia, una lucha constante por mantener la cordura en medio del caos y la desolación que me rodeaban.

A medida que las jornadas transcurrían, sentía cómo mi depresión se intensificaba, siendo arrastrada cada vez más profundamente hacia la oscuridad. Los ansiolíticos se volvían mi única tabla de salvación, una especie de balsa frágil en medio de un mar de emociones turbulentas y pensamientos negativos que amenazaban con consumirme por completo.

Hasta que un día, enfrentándome a la imposibilidad de respirar, me vi obligada a acudir a urgencias. Dado mi estado, era imposible plantearme conducir yo misma hasta el hospital y, de repente, sin saber muy bien cómo ni por qué, se me ocurrió llamar a Daniel. Lo conocí a mi llegada a la isla, nos veíamos de vez en cuando; eso sí, no tanto como a él le hubiera gustado, ya que nunca había escondido su interés por mí. A sabiendas de aquello, no le llamé por su atracción hacia mí, le llamé por desesperación. Mi prioridad era llegar a urgencias y recibir tratamiento médico de inmediato. A pesar de mis esfuerzos por tomar grandes bocanadas de aire, sentía como si mis pulmones se negaran a recibirlo, como si el oxígeno se negara a llegar a ellos. En medio de la angustia y el miedo, Daniel era mi última esperanza de llegar a tiempo y recibir la atención que tan desesperadamente necesitaba.

Ese día marcó un antes y un después en mi vida, cuando finalmente me diagnosticaron asma crónica y comencé a recibir tratamiento médico. Para mí, fue un gran alivio descubrir la causa detrás de mis dificultades respiratorias, y saber que finalmente había una solución para mi problema. Sin embargo, aquel alivio duraría poco. De vuelta a casa, tras husmear en mis redes sociales y ver ciertas fotos que consideraba inapropiadas, Daniel tuvo un absurdo ataque de celos. Como si él fuera alguien con autoridad suficiente para entrometerse en mi vida, cuando realmente no era nada. Bueno, yo pensaba que era mi amigo, pero su reacción indicaba que nada más lejos de la realidad. Al llegar a su casa —donde yo tomaría el relevo del coche para regresar a la mía—, me vi obligada a enfrentar la situación de manera abrupta. Tuve que recordarle con firmeza que no estábamos juntos y que prefería posponer la conversación para otro momento, cuando la medicación no interfiriera en mi capacidad para expresarme con claridad. No lo aceptó, seguía hablándome como si le perteneciese, como si fuera de su propiedad. La discusión subió de tono, su agresividad también. La ira contenida de su rostro cuando me empujó, tirándome al suelo, me dejó helada. «Eres una puta», escupió.

7

No daba crédito. El ataque de celos enfermizo de Daniel había desencadenado una ira que nunca habría esperado de él. Me sentía en estado de *shock*, incapaz de procesar lo que estaba sucediendo, hasta que el sonido de las sirenas me sacó de mi parálisis. Fue entonces cuando lo vi. Vi a Daniel huyendo hacia su casa a toda prisa, como si quisiera evitar enfrentarse a las consecuencias de sus acciones. Y fue en ese momento en el que supe que no podía permitir que su actitud quedara impune. A pesar del *shock* y la confusión, sentí una oleada de determinación que me impulsó a levantarme del suelo y seguirlo. No podía dejar que se saliera con la suya después de haberme tratado de esa manera. Aceptar las humillaciones de mi familia era una cosa, permitir malos tratos de este tipo, otra muy distinta.

Agotada y casi sin energía, pero con una determinación que parecía surgir de lo más profundo de mi ser, logré subir las escaleras del portal y alcanzar a Daniel. Mi mente estaba llena de furia, lista para descargar toda la ira acumulada tanto por sus acciones como por la situación en general. Sabía que mi intención era confrontarlo, aunque fuera físicamente, para hacerle sentir la magnitud de su comportamiento. Sin embargo, tras mi empujón, él logró agarrarme del pelo y zarandearme bruscamente. Me debatía entre intentar liberarme y contener mi propia furia cuando escuché las rápidas zancadas y los gritos ininteligibles que se acercaban por las escaleras y rellanos del edificio. La presencia de la Guardia Civil nos sorprendió a ambos, y en cuestión de segundos, cinco uniformados se encontraban entre nosotros, manteniendo una distancia prudente para separarnos. Fue surrealista ver cómo, en un abrir y cerrar de ojos, la situación pasó de ser un enfrentamiento físico a un interrogatorio por separado.

A pesar de la distancia que me separaba del que yo consideraba mi amigo, escuché con incredulidad cómo tuvo la desfachatez de afirmar frente a un agente que éramos pareja. De inmediato, me apresuré a negar esa afirmación, aunque los guardias parecían escépticos. Incluso llegaron a cuestionarme sobre si tenía alguna pertenencia en el domicilio de Daniel. Mantuve mi postura y negué rotundamente tener alguna relación íntima con él. Para respaldar mi versión, presenté mi parte médico que demostraba que mi ingreso en urgencias había ocurrido hacía apenas dos horas, y que Daniel me había acompañado como un simple favor, o al menos eso creía yo en ese momento.

«Este sujeto es muy violento», me aseguró uno de los guardias, «vamos tras él por varias denuncias de violencia machista, debería usted denunciar». Me niego. Fue un error. Lo admito. No quería perjudicar a la única persona que me había brindado ayuda en medio de mi crisis. Aunque en retrospectiva, comprendo lo equivocada que estaba.

A pesar de mi negativa, los guardias insistieron en acompañarme a la calle; también me instaron a cortar cualquier tipo de relación y cercanía con Daniel, algo que ya estaba decidida a hacer por mí misma. Sabía que había llegado al límite de mi tolerancia y que era hora de poner fin a cualquier lazo que me uniera a él.

Sin embargo, en medio de toda aquella turbulencia emocional, el tiempo se detuvo cuando sentí unos ojos penetrantes posados en mí. Esas cosas se notan, ¡y vaya si las noté! Los ojos almendrados de aquel guardia civil me observaban de una manera distinta, más intensa. Quedé atrapada en su mirada, explorando cada gesto de su rostro. Parecía que no podía apartar sus ojos de mí. «Eres muy guapa», susurró. «Gracias», fueron las únicas palabras que el nudo de mi garganta me permitió pronunciar. Sin más interacción que esa, se subió a su coche patrulla y se alejó, dejándome con una sensación agridulce. Se había ido, pero el hecho de haber llamado su atención me dejó una extraña mezcla de felicidad y desconcierto.

Agosto se había instalado en la isla con su calor y humedad característicos, envolviendo cada rincón en una atmósfera cargada y sofocante. El sol se alzaba en lo alto del cielo, desprendiendo rayos abrasadores que hacían que cada paso se sintiera como una odisea a través del vapor. Las calles adoquinadas brillaban bajo el intenso resplandor, mientras que las sombras ofrecían un refugio temporal para aquellos que buscaban un respiro del implacable sol. Las playas, bañadas por las aguas cristalinas del Mediterráneo, se llenaban de bañistas en busca de alivio, mientras que las sombrillas y las tumbonas se convertían en los tesoros más codiciados de la costa. El mar, tranquilo y sereno, acogía a los nadadores con su frescura, ofreciendo un alivio bienvenido del calor abrasador del día.

Las noches de agosto en Mallorca no eran menos intensas, con una brisa cálida que apenas conseguía disipar el bochorno del día, y aquella no iba a ser menos. Irma, mi compañera colombiana del trabajo, celebraría su cumpleaños en una de las discotecas cercanas al Bodegón. Aunque no me sentía especialmente animada para salir de fiesta, era de recibo que asistiera a su celebración para compensar y agradecer que por mi cumpleaños se hubiera portado tan bien conmigo, llegándome a regalar una tarta preciosa y colmándome de atenciones, algo que necesitaba, ¡y mucho!, debido a la ausencia de mi familia. Así que, con cierta resignación, me preparé para la velada.

Las luces de la discoteca cercanas comenzaron a destellar, invitando a sumergirse en la energía de la noche mallorquina. Aunque la idea de la fiesta no me emocionaba del todo, sabía que sería una oportunidad para mostrar mi agradecimiento a Irma y para sumergirme en un ambiente diferente, incluso si solo fuera por unas horas.

La noche transcurría de una manera inesperada, llevándome por caminos que nunca habría anticipado. A pesar de mi resistencia inicial, debo admitir que me estaba divirtiendo más de lo que hubiera imaginado. Bebí con moderación, reí con ganas y hasta me aventuré a cantar algunas canciones, entregándome por completo al ambiente festivo. Sorprendentemente, me encontré en la pista de baile, donde parecía que el tiempo se detenía y solo existían las pulsantes notas de la música. Me sumergí en el ritmo, dejando que cada compás me llevara más lejos de mis preocupaciones y mis inhibiciones. En ese momento, nada ni nadie tenía importancia excepto la música y la sensación de libertad que inundaba mis sentidos.

Me movía con soltura, con una alegría desbordante que me hacía sentir viva. Ignoraba por completo lo que sucedía a mi alrededor, centrada únicamente en el flujo constante de la melodía y el latido de la noche. Era un instante de pura felicidad, un oasis de gozo en medio de la rutina diaria. Simplemente me dejaba llevar por las notas musicales y me contoneaba, feliz, ignorando todo lo que ocurría a mi alrededor. De repente, una sensación de sorpresa y desconfianza me invadió al sentir una mano que me agarraba por detrás. Instintivamente, me preparé para expresar mi disgusto ante tal intrusión en mi espacio personal, pero al girarme, me encontré con una escena inesperada. Era el agente

Ojazos, a quien había apodado en mi mente de manera algo irreverente. Sin embargo, su atención no estaba centrada en mí, sino que parecía ocupado en una discusión con alguien que reconocí de inmediato: Daniel.

La mano del agente rodeaba mi cintura de manera protectora, como si intentara mantenerme a salvo de algún peligro invisible. Me sentí desconcertada por su gesto, pero a la vez agradecida por su aparente preocupación. Observé la tensión en su rostro mientras intercambiaba palabras acaloradas con Daniel, quien parecía exaltado y agresivo. «¿Qué hace este idiota aquí?», pensé. El tumulto de la discusión entre el agente Ojazos y él se perdía en el estruendo de la música, impidiéndome captar las palabras que intercambiaban. Estaba atrapada en medio de la confusión, sin comprender del todo lo que ocurría a mi alrededor. De repente, un empujón me sacudió y estuve a punto de caer al suelo, pero logré sujetarme del brazo de un desconocido que se encontraba cerca. Una vez recuperado el equilibrio, noté que el agente de mirada penetrante ya no estaba a mi lado. En su lugar, me encontré con Daniel, que parecía decidido a seguir adelante con sus pretensiones de tener una relación conmigo, sin importarle mi opinión al respecto. Tampoco logré sonsacarle nada de información acerca del paradero del agente Ojazos, así que insté a Irma a intervenir, esperando que sus palabras pudieran disuadir a Daniel de continuar con el conflicto y pudiésemos seguir disfrutando de la noche sin más altercados. La reacción a las palabras de mi amiga por parte de aquel energúmeno fue darle un puñetazo, agresión que me llenó de furia y determinación. «Tenía que haberte denunciado antes, sinvergüenza —le dije, mientras trataba de auxiliar a mi amiga—, ahora sí que lo voy a hacer».

Llamé a la Guardia Civil desde la propia discoteca con la clara intención de denunciar a Daniel por violencia de género. Consciente de su historial y sabiendo que había sido fichado por casos similares, decidí aprovechar su propia mentira en mi beneficio y afirmé ser su pareja. Aunque me sentía fortalecida por el deseo de enfrentarle y buscar justicia, los nervios se apoderaron de mí y mi respiración se volvió entrecortada: uno de mis ataques de asma llegaba en pleno apogeo. Pese a la angustia que me embargaba, mantuve la compostura y, a través del teléfono, coordiné con los agentes para formalizar la denuncia. Les expliqué mi situación de salud y, con comprensión, acordamos encontrarnos en un punto intermedio, en la esquina del mercado, para facilitar mi traslado a la comandancia y proceder con la denuncia.

Mi sorpresa fue mayúscula cuando al llegar al lugar de encuentro descubro una situación que no esperaba en absoluto: uno de los guardias que acudieron en mi búsqueda resultó ser el mismo oficial que había intervenido en el accidente de Loli, el agente Pablo Díaz. Su presencia desencadenó una oleada de emociones encontradas en mí, una mezcla de inquietud y desconfianza que amenazaba con nublar mi juicio. Con una actitud que dejaba mucho que desear, el agente Díaz se acercó a mí con gestos bruscos, como si estuviera dispuesto a ejercer su autoridad de la manera más intimidante posible. Su tono de voz resonó en mis oídos como una advertencia latente, evocando el recuerdo de sus amenazas durante el accidente de Loli, cuando insinuó que cualquier eventualidad negativa recaería sobre mis hombros.

El impacto emocional de encontrarme con el agente Díaz afectó de manera significativa a mi asma, haciendo que durante todo el trayecto hacia la comisaría tuviera que concentrarme únicamente en respirar. Cada inhalación era un esfuerzo, un recordatorio constante de la tensión y la ansiedad que me embargaban en aquel momento. El silencio sepulcral que reinaba en el interior del coche patrulla solo era interrumpido por el sonido de mi respiración irregular, creando una atmósfera cargada de tensión y malestar.

La desagradable presencia del agente Díaz parecía ejercer una presión invisible sobre mí, como si su sola existencia llenara el espacio con una densidad palpable de incomodidad y malestar. Cada vez que dirigía una mirada en mi dirección, sentía como si un peso invisible se posara sobre mis hombros, aumentando la opresión en mi pecho y dificultando aún más mi respiración. Su presencia parecía dominar la atmósfera del vehículo, envolviéndome en una espiral de nerviosismo que se intensificaba con cada segundo que pasaba.

Cuando finalmente llegamos a la comisaría, mi estado físico y emocional no había mejorado en absoluto. Salir del coche fue todo un desafío, como si mis piernas no respondieran adecuadamente a mis órdenes. Sin embargo, reuní todas las fuerzas que me quedaban para dar el paso y acceder al edificio, con un único objetivo en mente: interponer la denuncia contra Daniel. El resto del mundo parecía desvanecerse ante mí; mi única preocupación era hacer justicia y regresar a casa para recuperarme.

En cuanto puse un pie en el edificio, el agente Díaz, con su brusquedad habitual, me quitó el carné de identidad de entre las manos. «Siéntate ahí —me ordenó—, no te muevas». Mientras permanecía allí, en aquel incómodo asiento de espera, sentía cómo la angustia se apoderaba progresivamente de mí, como una serpiente que se enrosca lentamente alrededor de mi pecho, dificultando cada vez más mi respiración. Las horas parecían estirarse como elásticos interminables, mientras la ansiedad me carcomía por dentro, creando un nudo en mi estómago que se resistía a deshacerse.

Nadie se molestó en dirigirme la palabra durante aquella eternidad de ciento veinte minutos, y la incertidumbre se volvió mi compañera más fiel, alimentando mis peores temores y dudas. ¿Qué estaba pasando? ¿Por qué se prolongaba tanto aquella espera? Solo ansiaba poner fin a aquel calvario burocrático y regresar a casa, pero la realidad parecía empeñada en frustrar mis deseos más simples. Mientras luchaba por mantener a raya mi ansiedad y mi ataque de asma, el tiempo parecía transcurrir a cámara lenta; me sentía atrapada en una pesadilla interminable. Mientras tanto, en los despachos cercanos, los agentes de la autoridad se entretenían revisando mi historial, desde los detalles más mundanos hasta los aspectos más íntimos de mi vida, como el abandono sufrido por parte de mi madre. Escrutaban cada detalle con una minuciosidad que rozaba lo invasivo.

El agente Díaz, entre tanto, encontró tiempo para compartir mis perfiles en redes sociales con sus colegas, convirtiendo mi privacidad en objeto de burla y risas a mis espaldas. El eco de sus carcajadas resonaba en los pasillos, como un recordatorio constante de mi vulnerabilidad en aquella situación desesperada.

Todo esto solo lo supe más tarde, cuando por fin logré interponer la denuncia contra Daniel y me indicaron que unos compañeros me acercarían a casa. La sensación de alivio al finalizar el trámite se vio empañada por el inquietante giro que tomaba la noche. Al subirme al coche patrulla indicado, aquellos ojos penetrantes con los que tanto había soñado, me miraban fijamente a través del espejo retrovisor. La intensidad de su mirada me dejó sin aliento, como si pudiera leer en lo más profundo de mi alma y descubrir mis secretos más oscuros. Y, por si esto fuera poco, el guardia civil, cuya esposa casi había conseguido echarme del restaurante, se encontraba sentado a su lado. El agente Moreno sonreía, pero se trataba de una sonrisa oscura, casi siniestra diría yo. Aun así, no me amilané. Me daba igual todo, excepto el agente Ojazos, por supuesto.

Mientras el coche recorría las tranquilas calles de la ciudad, el ambiente en el interior se volvía denso, como si estuviéramos a punto de adentrarnos en un territorio desconocido. Cada segundo parecía estirarse, lleno de expectativas y preguntas sin respuesta. La incertidumbre y la ansiedad se entrelazaban, mientras el suave zumbido del motor nos acompañaba. «Se va a liar gorda», pensé.

El agente Ojazos, con su imponente presencia, rompió el silencio con una voz que resonó en el interior del vehículo. Sentado en el asiento del copiloto, irradiaba cierta autoridad, y sus palabras anunciaban una determinación que no pasaba desapercibida. «El tipo este se va a enterar…», declaró con firmeza.

Y a partir de ahí, desde ese preciso instante, presencié cómo se desplegaba ante mis ojos una conversación que desafiaría toda lógica y cordura. Surrealismo puro.

—¿Conoces a esta chica? —quiso saber el agente Moreno.

—Es que… me gusta.

8

—¿Cómo te puede gustar esta tipa?

El tono condescendiente del agente Moreno resonaba en el interior del vehículo, llenando el espacio con una tensión desquiciante. Cada palabra que salía de su boca se transformaba en un golpe directo a mi autoestima, haciéndome sentir diminuta e insignificante. Sin embargo, mientras él lanzaba sus críticas, mi atención estaba completamente centrada en el agente Ojazos, cuyas palabras resonaban en mi mente como un eco distante en medio de la neblina de mis pensamientos turbados por la ansiedad y el ataque de asma. «Le gusto», repetía, casi como un mantra, tratando de aferrarme a alguna certeza en medio del caos emocional que me invadía. Pero entonces, sus palabras cayeron como un jarro de agua fría sobre mis esperanzas.

—Es una broma.

Quise responderle con una buena dosis de ironía, pero apenas era capaz de respirar. No estaba en condiciones de rebatir nada. Así que opté por mantenerme en silencio mientras ambos hombres continuaban con su conversación, hablando como si yo no estuviera presente.

—No entiendo nada... —añadió Moreno, con un deje de incredulidad en su voz—. Dime, ¿de qué la conoces?

—Mierda... ¡me gustaría estar con ella!

En ese momento, presencié cómo la figura imponente del agente Ojazos se desmoronaba frente a mis ojos, como si estuviera librando una batalla interna contra sus propios demonios. Su rostro, habitualmente imperturbable, reflejaba una vulnerabilidad inesperada que me dejó completamente atónita, sin poder procesar lo que estaba sucediendo. Me encontraba paralizada, sin poder apartar la mirada de aquel hombre cuyas emociones se desplegaban ante mí como un abanico de colores. ¿Podía ser posible que también sintiera algo por mí? La sola idea me sumió en un torbellino de emociones encontradas, una mezcla vertiginosa de confusión, incredulidad y un atisbo de esperanza. Aquella revelación me sumía en una vorágine de emociones turbulentas, sacudiendo mi ya de por sí escasa tranquilidad y dejándome en un estado de confusión y anhelo. Cada latido de mi corazón resonaba con la incertidumbre de lo desconocido, mientras me debatía entre la esperanza y el miedo a lo que pudiera depararnos el futuro.

Ante mi estado de nerviosismo y asma, nuevamente me resultaba difícil reaccionar. Escuché las palabras de Moreno como si procedieran de otro mundo; un eco distante en medio del caos.

—No puedes estar con ella.

—¿Por qué? —Se giró desde su asiento y clavó su intensa mirada sobre mí—. ¿Qué hacías otra vez con ese sinvergüenza?

No sé cómo, logré encontrar una especie de calma que ni yo misma entendía. Quizás fue el hecho de que Ojazos se dirigiera a mí personalmente por primera vez lo que me proporcionó las fuerzas necesarias para articular mis pensamientos y explicarle la situación. «Estábamos en la discoteca celebrando el cumpleaños de una compañera de trabajo», le dije con determinación, tratando de transmitirle que mi encuentro con Daniel había sido completamente fortuito. Sin embargo, al pronunciar esas palabras,

Ojazos ya se había reincorporado en su asiento, con la mirada fija en la carretera que se extendía ante nosotros.

Aquella nueva actitud por parte del agente me hizo sentirme un poco más envalentonada, y decidí aprovechar el momento para despejar algunas dudas que me atormentaban desde que nos encontramos en la discoteca. «¿Fuiste tú quien me agarró por la cintura?», pregunté con una mezcla de ansiedad y curiosidad. Su respuesta afirmativa confirmó mis sospechas, pero también desató un sinfín de nuevas preguntas en mi mente, que no pensaba dejar pasar. Fui muy concisa cuando le pregunté por qué no había actuado en la discoteca si estaba al tanto de todo lo sucedido con Daniel. «Estaba fuera de servicio», respondió el agente Moreno por él. Este parecía empeñado en sembrar la discordia entre nosotros, alimentando una atmósfera de tensión con cada una de sus palabras. Su actitud prepotente y sus insinuaciones infundadas solo contribuían a aumentar mi incomodidad. Cuando insinuó que había asistido a la discoteca en compañía de Daniel, sentí una oleada de indignación recorrer mi interior.

Su descaro alcanzó niveles insospechados cuando, con una desfachatez que rozaba lo inaceptable, se atrevió a preguntarme si había estado con algún guardia civil. Aquella pregunta me hirió en lo más profundo, pero sabía que entrar en una disputa con quienes tenían el deber de hacer cumplir la ley no me llevaría a ninguna parte. Así que, con un tono firme pero controlado, respondí con un escueto «no». «Entonces, no entiendo por qué constas en nuestros ficheros», ante lo cual volví a optar por una respuesta de lo más sencilla y real: «Yo tampoco».

De nuevo, el agente Moreno decidió excluirme de la conversación para dirigirse únicamente a Ojazos: «Si tanto te gusta esta chica, deberías haberla buscado por tus propios medios, sin usar tus funciones como representante de la ley». Aquel comentario, o quizás el desdén que imprimían sus palabras, desató la ira de mi enamorado y ambos compañeros comenzaron una disputa que alcanzó niveles de agresividad inimaginables. Fue entonces cuando me percaté de la posibilidad de desenmascarar a Moreno. Sabía que mi confesión podría desencadenar un verdadero infierno, especialmente teniendo en cuenta que era él quien conducía el vehículo en ese momento. A pesar del riesgo, decidí hablar. Le relaté a Ojazos la humillación a la que me había sometido tanto Moreno como su esposa en el restaurante donde trabajaba, explicando cómo ella había abusado de la autoridad de su marido y él lo había consentido.

Mi confesión pareció actuar como una descarga eléctrica, provocando un instante de descontrol en la conducción de Moreno, que estuvo a punto de causar un accidente cuando su compañero trató de golpearlo. En ese momento, comprendí el alcance de mi error. Por poco provocaba una tragedia. La disputa entre ambos continuó una vez que Moreno recuperó el control del coche, pero yo ya no podía soportarlo más. A gritos, les rogué que me llevaran a urgencias. «¡Basta ya! ¡No puedo respirar!».

A pesar de mi súplica, Ojazos parecía decidido a indagar más en mi vida cotidiana.

—Pero ¿qué quieres saber de mí? —pregunté, nerviosa, ante sus repentinos cambios de actitud—. Solo trabajo y duermo, no hay nada más.

—Sí, sí que lo hay —me interrumpió Moreno—, tiene una propiedad y trabaja en un restaurante. Bueno... —miró a su compañero—, aunque a mi mujer no le gusta mucho cómo lo hace...

Decidí ignorar su indirecta, centrándome en la conversación con su compañero, que era lo que realmente me interesaba ¡y mucho!

—¿Tienes hijos?

—No —volvió a responder Moreno—. No los tiene.

—Mejor.

Este último apostillamiento de Ojazos no me sentó nada bien. Debería haberle contestado a semejante impertinencia, pero, por un lado, no me encontraba nada bien; el ataque de asma estaba llegando demasiado lejos y apenas me permitía razonar. Por otro, las pocas fuerzas que me quedaban deseaba emplearlas para averiguar hasta dónde podría llegar el agente Ojazos con su interrogatorio y sus extrañas reacciones. Mi respiración se volvía más entrecortada con cada palabra que pronunciaba. A pesar de mis esfuerzos por mantener la calma, sentía que la ansiedad me invadía, formando un nudo en mi garganta que me impedía hablar y pensar con fluidez.

Miré a Ojazos, buscando algún indicio que me ayudara a comprender sus motivaciones. Sin embargo, de espaldas a mí, sus pensamientos y gestos eran impenetrables, ocultaban cualquier emoción que pudiera albergar. ¿Qué estaría pensando realmente? ¿Por qué mostraba interés en mi vida personal de repente?

Moreno no dejaba de lanzar insinuaciones cargadas de sarcasmo, como si disfrutara poniéndome en aprietos no solo a mí, sino también a su compañero. No desperdiciaba ocasión para demostrar la inexperiencia de este en el cuerpo. Intenté mantener la compostura, pero la situación se volvió cada vez más angustiosa. No podía evitar preguntarme qué estarían tramando estos dos agentes de la ley y cómo afectaría todo esto a mi vida ya de por sí complicada, sobre todo cuando, repentinamente, el agente Ojazos retomó la camaradería con Moreno y trató de convencerle para que le ayudara a conquistarme. Era todo un despropósito, yo no entendía nada. «¡Pero si solo la has visto en un par de ocasiones! —se jactaba el agente Moreno—. ¿Cómo puedes estar así por ella?». «Pues es lo que hay», alcancé a oír que respondía él.

Al responder a determinadas preguntas personales, debido a mi deseo por complacer a mi enamorado, me percaté de que este contaba con más información de la necesaria. «¿De dónde habría sacado que yo era una niña abandonada?», pensé. Lo sabía antes de que yo se lo confirmara, lo había dado por hecho. ¿Cómo podía saber tanto sobre mi vida, incluso antes de que yo misma se lo confirmara? Aquella revelación me dejó perpleja, preguntándome cómo había conseguido acceder a información tan íntima y personal. Justo en ese momento, até cabos; en un instante de claridad, todo cobró sentido. Recordé las carcajadas que resonaban en los despachos mientras esperaba para tramitar la denuncia contra Daniel. Fue como si un rayo iluminara mi mente, revelando la verdad oculta tras aquellos misteriosos acontecimientos. Habían violado mi intimidad mientras yo estaba allí, esperando justicia.

La ira burbujeó dentro de mí, alimentada por la sensación de vulnerabilidad y violación de mi privacidad. Inhalé profundamente, tratando de contener la descarga de sentimientos que amenazaba con desbordarse. Pero era inútil. Con cada débil respiración, sentía cómo la indignación crecía dentro de mí, hasta que finalmente exploté. «¡¿Cómo es posible que hayas tenido acceso a información sobre toda mi familia, a mis raíces...?! ¡A toda mi vida! —le grité—, ¡esto es increíble!». En aquel momento, no podía evitar preguntarme qué más habían descubierto sobre mí, y qué otros secretos habían revelado sin mi consentimiento. La sensación de vulnerabilidad era abrumadora y absoluta, dejándome con la sensación de haber sido invadida en lo más profundo de mi ser.

Entonces, percibí cómo Moreno parecía asustarse —por fin— ante mis palabras. «¿Nos vas a denunciar?», preguntó. Sin embargo, de nuevo, tuve que optar por el silencio. El ataque de asma que me aquejaba se había intensificado, convirtiéndose en un ciclón que amenazaba con ahogarme. «¡Quítale el móvil, joder! —insistía Moreno a Ojazos—, ¡que no llame!».

Entre jadeos entrecortados, imploré que detuvieran el coche, mientras el dolor en mi cabeza se volvía cada vez más intenso, amenazando con hacerme perder el conocimiento. «¡Por favor, me ahogo! Parad... el coche... ¡por favor!», clamé, luchando contra la sensación de que mis pulmones no recibían suficiente oxígeno y mi corazón iba a reventar. Mi desesperación real finalmente los convenció. Incluso yo misma me sorprendí ante el estado convulso en el que me encontraba. Mis piernas temblaban, mi respiración era de lo más entrecortada y el mundo parecía girar a mi alrededor. Nunca antes me había sentido tan enferma, tan débil. Fue entonces cuando los agentes, enfrentándose a mi angustia, abrieron los ojos a la realidad de mi situación. Se dieron cuenta de que no estaba fingiendo, de que simplemente era una chica normal cuyas circunstancias habían desembocado en situaciones indeseables.

Mis recuerdos de aquellos momentos se desdibujan en la neblina de la ansiedad y el dolor. Pero entre el caos, escuché la confusión y la culpa en las voces de los agentes. «¿Cómo nos hemos podido equivocar tanto con ella?», preguntó Moreno con incredulidad. Y en medio del tumulto de mi mente, oí también cómo comentaban con asombro el hecho de que mi nombre hubiera acabado entre sus archivos, como si fuera una criminal. Ninguno de los presentes lo sabía entonces, pero la razón residía en el accidente de Loli y en el maldito agente Pablo Díaz.

Durante aquellos momentos en los que creí mi cuerpo colapsar, pude percibir la evidente preocupación en el rostro del agente Ojazos; incluso trató de abrazarme ante mis momentos de ansiedad y desesperación. Sin embargo, Moreno lo detuvo de inmediato, recordándole que estaban en servicio.

A continuación, se volvió hacia mí con un tono sorprendentemente conciliador.

—A ver, niña, ¿a ti te gusta él?

A pesar de no entender su actitud —no le permitía a su compañero abrazarme, pero sí parecía ser lícito entrometerse en mis asuntos personales— creí en su preocupación sincera.

—Sí. Y estaría con él.

A pesar de su repentino cambio de talante hacia mí, seguía impidiendo cualquier tipo de acercamiento entre Ojazos y yo, ni siquiera me permitió saber su nombre. Podría entenderse que era por encontrarse de servicio; sin embargo, yo llegué a pensar que no me proporcionaba ningún dato para evitar que los pudiera utilizar en una posible futura denuncia.

Moreno y su proceder no impidieron que mi enamorado volviera a insistirme para que le contara las razones del porqué estaba con Daniel en la discoteca. Entonces, decidí abrirme por completo, revelar todo. Le expliqué que, debido a mi tratamiento para la endometriosis, no estaba en condiciones de iniciar una relación, ni con Daniel ni con nadie. Al compartir esta información íntima, esperaba que finalmente entendiera que no tenía ninguna relación con aquel individuo, a pesar de lo que pudiera indicar la denuncia. Sin embargo, la incertidumbre seguía instalada en mí, alimentando mis dudas sobre cómo interpretaría mis palabras.

Volvió a insistir en su deseo de estar conmigo, y en medio de esa persistencia, decidí plantear una pregunta directa y sin rodeos.

—¿Estarás a mi lado el día de mi operación, cuando me confirmen si el quiste es benigno o no?

—¿Cómo? Es que... yo... no sabía que estabas tan enferma.

—Pues ya está. Ahí lo tienes.

Sabía que mis exigencias ante una posible relación sobrepasaban bastantes límites, pero la realidad era la que era. Me sentía abrumada por la situación y decidí que era mejor abordar el tema de manera franca y directa, aunque sabía que podría causarme dolor. Quería cerrar ese capítulo lo más rápido posible, por eso opté por ser directa e incluso un poco cruel en mis palabras. Pero, a pesar de mi intento de ser firme, su rechazo me afectó profundamente, dejándome con un sentimiento absoluto de desilusión.

—Si estás tan enferma, acéptalo —nos interrumpió el agente Moreno—. Él te va a ayudar.

En esos momentos, me encontraba sumida en una maraña de dudas y preguntas sin respuestas claras: ¿habría hecho bien en confesar mi enfermedad? ¿El agente Ojazos sentía algo por mí? ¿Moreno habría conseguido empatizar conmigo de forma real o simplemente actuaba? Cada pregunta aumentaba mi incertidumbre y me sumergía más en la confusión. Lo único que tenía claro entre tantos interrogantes era que el trato de Moreno hacia mí, tanto en el restaurante como durante el trayecto en coche, había sido desagradable y poco profesional.

Además, las dudas sobre una posible relación con Ojazos también rondaban mi mente. La ansiedad y el asma nublaban mis pensamientos, llevándome por el camino de la desesperación una vez más. En medio de esa ebullición emocional, un ataque de ira se apoderó de mí, y mi vulnerabilidad me llevó a atacar a los agentes de la peor forma posible.

—¡¡En mi vida estaré con un guardia civil!!

Mi furia no solo era una respuesta a los comentarios de Moreno sobre mi posible relación con su compañero, también era una forma de expresar mi agotamiento, conmoción y malestar. En ese momento, mi prioridad era llegar urgentemente al hospital, pero aquel par de individuos no me estaban ayudando en lo más mínimo.

Como era de esperar, mis palabras provocaron un cambio en la actitud de ambos agentes. Se podía percibir claramente que se sentían humillados y que, ahora sí, los ataques de Moreno tendrían justificación. La tensión en el ambiente aumentó, y me di cuenta de que la situación estaba a punto de empeorar.

—Ahora sí, te vas a enterar —me amenazó Moreno—. Si el quiste ese no es cáncer, prepárate.

Las amenazas del guardia ya no me afectaban, quizás debido a mi estado debilitado o a la gran cantidad de intimidaciones que había recibido previamente. En ese momento, decidí dirigir toda mi atención hacia Ojazos y me di cuenta de que estaba llorando. Quise suponer que por la impotencia ante mi pérdida. La visión de sus lágrimas provocó un remolino de emociones en mi interior, una mezcla de compasión por su aparente angustia y una pizca de alivio por sentir que, a pesar de todo, alguien compartía mi dolor.

—¿De verdad estás llorando por esta? —Moreno había recuperado su tonó burlón y desafiante de siempre—. Al final, tendré que darte una buena tunda para que llores por algo con fundamento.

La culpabilidad me invadió, no solo por las lágrimas que veía en los ojos de mi enamorado, sino también por anticipar las humillaciones que probablemente tendría que soportar de ahora en adelante por parte de su compañero. Sin embargo, en medio de semejante caos, me di cuenta de que necesitaba mantenerme firme y encontrar fuerzas donde parecía no haberlas para poder seguir adelante.

Finalmente, llegué a la conclusión de que lo mejor para mí sería que me dejaran en casa. Ansiaba la comodidad de mi cama, mi santuario; no quería acabar aquella terrible noche en una fría habitación de hospital. Mientras avanzábamos en esta segunda parte del trayecto, un silencio incómodo se apoderó del interior del coche patrulla. Pero para mí fue un alivio, ya que me brindó la oportunidad de encontrar algo de calma y recuperar cierta normalidad en mi respiración.

A través de la ventana, observaba las luces de la ciudad deslizarse lentamente, una sensación de alivio se mezclaba con una vaga inquietud por lo que estaba por venir. En medio de ese silencio, solo interrumpido por el suave murmullo del motor del coche, mis pensamientos revoloteaban, tratando de encontrar un equilibrio entre la aprensión y el deseo de dejar todo aquello atrás. Fue entonces cuando Moreno rompió el silencio con su recordatorio sobre la necesidad de presentarme en la comisaría para continuar con el proceso de denuncia sobre Daniel. Sus palabras resonaron en el interior del vehículo, recordándome la tarea pendiente que aún me esperaba. A pesar del alivio por abandonar la situación actual, sentí una punzada de ansiedad al pensar en el siguiente paso en este tormentoso proceso.

Cuando llegamos a mi destino y me bajé del coche, experimenté una mezcla de emociones: apenada por la difícil situación en la que me encontraba, pero aliviada por desprenderme de lo recientemente acontecido. Sabía que era crucial dejar atrás aquellos ojos almendrados que me miraban con tristeza y continuar con mi vida, ya que lo último que necesitaba en ese momento era más drama.

9

Me encontraba mentalmente agotada, sin haber tenido ni siquiera un descanso reparador. Las amenazas del agente Moreno se filtraban en mi conciencia durante mi precario sueño, entremezcladas con la imagen de aquellos ojos almendrados que parecían escudriñar mis pensamientos incluso en mis pesadillas más profundas. El insomnio me había asaltado con ferocidad esa noche, y no lograba recordar a qué hora había conseguido finalmente sumergirme en el mundo de los sueños. Había tenido cierta lucidez para silenciar el móvil, lo que significaba que cualquier interrupción en mi frágil sueño sería rechazada, algo que necesitaba ¡y mucho!

Entre la bruma de mi somnolencia, percibí el eco distante del timbre de mi casa resonando en mis oídos, un sonido persistente que me sumergió aún más en la ambigüedad entre la vigilia y el sueño. ¿Era acaso parte de una ensoñación o la realidad había irrumpido en mi dormitorio de manera excesivamente abrupta? La insistencia del timbre me obligó a despejar mis pensamientos y a enfrentar la incómoda verdad: la guardia civil estaba en la puerta. La sorpresa y la consternación se entremezclaron mientras asimilaba la situación. Habían venido a buscarme a casa porque no me había presentado en los juzgados para continuar con el proceso de denuncia contra Daniel. Sentí que la invasión a mi vida personal y a mis redes sociales no había sido suficiente para ellos; ahora, urgían a irrumpir en mi domicilio, sin que yo entendiera claramente cuál era su objetivo. La sensación de vulnerabilidad se intensificaba a medida que me enfrentaba a la realidad de que incluso en mi propio hogar no estaba a salvo de la intrusión de los —supuestos— defensores de la ley.

La sensación de intranquilidad se apoderó de mí cuando revisé mi teléfono móvil y vi las llamadas perdidas de los agentes. Recordar lo sucedido en la comisaría y en el coche patrulla solo aumentó mi malestar; aquello me frustraba demasiado, no había tenido tiempo para recuperarme de lo acontecido en comisaria y en el coche patrulla, cuando volvía a sentirme acosada por los representantes de la ley ¡y en mi propia casa!

«No estoy bien —traté de explicarles a ambos desconocidos—, mis crisis de asma han empeorado desde anoche». Les dio exactamente igual y así me lo hicieron saber. «No nos importa, debe usted presentarse en comandancia ya». Sin otra opción, en apenas media hora, me volví a encontrar encerrada en un coche patrulla, absolutamente angustiada por lo que podría acontecer en un futuro próximo.

Cuando llegué a comandancia, luchaba por cada bocanada de aire. Cada inhalación era un esfuerzo agotador, mi crisis de asma me dejaba sin aliento. Mis pulmones parecían incapaces de recibir suficiente oxígeno, y la sensación de asfixia me abrumaba. Para empeorar las cosas, pasó una hora antes de que mi abogado, asignado de oficio, se presentara. Durante ese tiempo, me encontraba sola, sin poder expresar adecuadamente mi situación debido a la dificultad para respirar. Cuando finalmente llegó, le expliqué mi estado de salud, esperando que comprendiera la urgencia de mi situación, y este me informó que retirar la denuncia contra Daniel era la única manera de acelerar mi liberación de la comisaría. Aunque me costó aceptarlo, sabía que no tenía otra opción si quería salir de allí lo antes posible. A regañadientes, accedí a hacerlo, sintiendo todo el peso de la resignación sobre mí. A pesar de ser consciente de que era un error, firmé los documentos para retirar la denuncia. En ese momento, lo único que deseaba era regresar a la paz y la seguridad de mi habitación, lejos del estrés y la angustia de la comisaría. No era solo un deseo, era una necesidad urgente.

Gracias a mi amigo David, quien se ofreció a recogerme, pude abandonar las instalaciones y regresar a mi habitación antes de lo que había anticipado. Sin embargo, al llegar a casa, me recibió un ambiente pésimo. Parecía que, a pesar de la falta de intimidad debido a las constantes visitas de la hijastra, mis recientes encuentros con la Guardia Civil habían sembrado sospechas sobre mi persona. Era evidente que me consideraban alguien problemático, y mis interacciones con las autoridades no habían ayudado a mejorar esa percepción. Ante esta situación, me di cuenta de que no podía seguir viviendo en ese entorno hostil por más tiempo. Así que, en medio de una crisis de asma y sintiéndome completamente sola, me vi obligada a tomar una decisión drástica: buscar otro lugar donde vivir. A pesar de la incomodidad y el estrés que eso implicaba, no me quedaba otra opción si quería encontrar un espacio donde sentirme segura y tranquila.

Después de una intensa búsqueda en las redes sociales, encontré una habitación disponible para alquilar y decidí mudarme con Claudia, una mujer colombiana, y sus dos hijos pequeños. Al principio, me costó adaptarme no solo a su presencia, sino también a sus horarios y estilo de vida. Sin embargo, con el tiempo, logramos establecer una buena relación y me integré bien en su hogar. Justo cuando parecía que las cosas empezaban a estabilizarse, la llegada de un familiar de Claudia cambió nuevamente la situación, obligándome a buscar alojamiento una vez más. Estos constantes cambios generaban un aumento en mi nivel de angustia, exacerbando mis crisis de ansiedad y de asma. Pero ¿qué alternativa tenía? Aunque la situación era estresante, me recordaba a mí misma que necesitaba un lugar donde vivir, ya que aún tenía el compromiso de pagar la hipoteca de mi piso anteriormente alquilado. Así que, a pesar de las dificultades, continuaba adelante, buscando la estabilidad que tanto anhelaba en medio de estos desafíos constantes.

Desesperada por encontrar un lugar donde quedarme, recibí una recomendación para compartir piso con un chico. Aunque al principio la idea no me convencía del todo, me sentía tan necesitada por encontrar un techo que decidí darle una oportunidad. Sin embargo, bastaron solo dos noches para darme cuenta de que aquel ambiente no era para mí. No sabría explicar exactamente qué era lo que me incomodaba, pero algo en su entorno me generaba un enorme rechazo y no me proporcionaba la tranquilidad que tanto necesitaba.

Ante esta situación, opté por aceptar la ayuda de David. Él alquilaba habitaciones en su casa y, dado que la mayoría de sus inquilinas eran mujeres, pensé que sería una mejor opción para mí. Agotada por los cambios constantes en mi vida, finalmente encontré un poco de estabilidad en este nuevo hogar. Desde el primer momento, me sentí integrada por aquel grupo de mujeres que, lejos de entrometerse en la vida de los demás, se dedicaban a sus propios quehaceres personales. Su ambiente tranquilo y respetuoso me brindó la calma que tanto necesitaba en medio de tanta turbación.

Sin embargo, esa calma recién adquirida se truncó una noche a las cinco de la mañana. Un estruendoso golpe resonó por toda mi habitación, sacándome de mi sueño con un sobresalto. Aturdida, me acerqué a la ventana, desde donde pude ver cómo un grupo de guardias civiles empleaba una gigantesca maza, también conocida como «brazo de fuerza», para derribar la puerta de la casa ubicada frente a la mía. Era evidente que se trataba de una operación antidroga, algo lamentablemente común en aquel barrio. Aunque ya me había acostumbrado a tales escenas, el sobresalto seguía siendo igual de grande cada vez. «¡Qué susto..., ¡vaya horas!», exclamé. Aunque no lo dije en voz muy alta, pareció ser lo suficientemente audible como para que varios de los guardias alzaran la mirada hacia mi ventana. «Usted, ¿quién es?», preguntó uno de ellos. Ante sus palabras, no me cohibí en absoluto. No había hecho nada malo. Solo faltaba que no pudiera expresarme libremente desde mi ventana después de la sonora interrupción de mi descanso.

—Una persona que vive aquí de alquiler.

—Déjala —indicó otros de los guardias—, ¿por qué tienes que preguntarle nada?

Aquella interrupción me llamó la atención, no por la intromisión como tal, sino por su inesperada defensa ante mí. Así que no pude evitar bromear con el guardia, llegando incluso a hacerle gestos para preguntarle si quería algo conmigo. Aunque él respondía, apenas le prestaba atención. Mi mente estaba más concentrada en procesar toda la situación. Ver a ese grupo de uniformados, en formación con las piernas abiertas, mientras yo me encontraba cual Julieta en el balcón, no dejaba de causarme cierta gracia después de todo lo sucedido en comandancia.

Mi sorpresa fue mayúscula cuando, al verlos retirarse, escuché por un *walkie* cómo el grupo recibía una información errónea, proveniente de quién sabe quién, indicando que mantenía una relación con David. Sorprendida, traté de rectificar su equivocación. Desde la ventana les expliqué que David era mi casero, tratando de aclarar cualquier confusión, pero parecieron hacer caso omiso a mis palabras. Simplemente, se alejaron en sus coches patrulla, dejando una sensación de desconcierto en el aire. Sin embargo, este desconcierto no duró mucho. Era obvio que aquella información errónea transmitida por *walkie* formaba parte de la intromisión en mi intimidad que se llevaba forjando desde hacía días por parte de quienes se suponía que debían proteger la ley.

Aquello solo añadía más leña al fuego de la confusión y el malestar que venía experimentando. La sensación de vulnerabilidad se acrecentaba con cada nueva revelación incorrecta que parecía surgir de la nada. Desde aquellos días en los que insistían en que mi pareja era Daniel, hasta esta última afirmación de que ahora vivía emparejada con David. Era todo un absoluto sin sentido. Como también lo era que, al día siguiente, durante las veinticuatro horas, un coche de la Guardia Civil se instalara en la esquina de mi calle. Supuse que estarían llevando a cabo una vigilancia rutinaria relacionada con la operación antidroga que presencié, pero también estaba completamente segura de que su estancia allí tenía que ver conmigo, aunque no sabía hasta qué punto.

Los días pasaron y finalmente desaparecieron, permitiéndome recuperar cierto grado de normalidad en mi vida, un respiro que agradecí enormemente.

Mi coche seguía haciendo de las suyas, como si estuviera empeñado en desafiarme en cada trayecto. No me quedó más remedio que llevarlo al taller y, para mi pesar, enfrentarme a un gasto inesperado que no entraba en mis planes. Sin embargo, lo que realmente sacudió mi tranquilidad fue la pregunta del mecánico al entregarme las llaves. Su tono era serio, casi preocupado: «¿Te ha ocurrido algo más con el coche?», inquirió. Ante mi sorpresa y negativa, me informó con gesto sombrío de que la Guardia Civil había acudido al taller para registrar el vehículo. Aquello me dejó algo perpleja, aunque no completamente sorprendida. Después de todas las infracciones a mi intimidad que los agentes habían cometido, ¿cómo podría asombrarme algo así? Si habían sido capaces de invadir mi privacidad, ¿qué les impedía registrar mi coche en busca de algo que justificara su hostigamiento?

La certeza de que el agente Moreno llevaría a cabo sus amenazas se afianzaba en mi mente: «... si el quiste ese no es cáncer, prepárate». No tenía dudas al respecto. Aquella situación añadía una capa más de angustia a mi ya convulsa vida, y me obligaba a enfrentar el futuro con una mezcla de temor y determinación.

La información que obtuvieron de ese registro resultó ser más invasiva de lo que jamás hubiera imaginado. Entre los documentos confiscados se encontraban mis registros médicos: citas, resultados de análisis, incluso ingresos en urgencias. ¿Qué interés podían tener en mis expedientes médicos? La única explicación que lograba encontrar era la más obvia y desagradable: aquellos agentes estaban decididos a invadir hasta el último rincón de mi intimidad y cumplir con las amenazas del agente Moreno.

A partir de aquel momento, cada incidente, cada nueva violación de mi privacidad, tendría una única explicación: su obsesión por controlarme y sus intentos de intimidarme para mantenerme bajo su yugo. La idea me atormentaba, pero también me fortalecía. Saber que luchaba contra un enemigo tan oscuro como despiadado me obligaba a mantenerme alerta y a prepararme para enfrentar cada desafío con determinación.

Lo que verdaderamente no sabía cómo afrontar eran los sentimientos inquebrantables que albergaba por el agente Ojazos. A pesar del constante acoso al que me veía sometida por parte de las autoridades, su figura y sus gestos seguían presentes en mi mente, como si fueran inamovibles en lo más profundo de mi ser. Recordaba sus lamentos por no poder dar un paso más hacia una relación, la sensación reconfortante de su mano sobre mi cintura... Se trataba de un torbellino de emociones contradictorias que, aunque devastaba mi escaso orgullo, no podía negar.

A pesar de todas las advertencias y señales que indicaban que debía alejarme, mi necesidad de saber de él se convirtió en una obsesión. Buscaba cualquier indicio, cualquier información que pudiera acercarme un poco más a él. Incluso llegué al extremo de pedirle ayuda a mi amiga Tamara, casada con un guardia, para que averiguara algo sobre él. Sin embargo, todos mis esfuerzos resultaron infructuosos. Ni siquiera logró conseguir su nombre, lo que aumentaba mi frustración y desesperación, sumiéndome en un estado de incertidumbre y anhelo cada vez más profundo.

Fue entonces cuando, impulsada por esa misma desesperación, tomé la decisión de recurrir a la ayuda de mi amiga Alicia. Aunque no me sentía orgullosa de ello, me vi obligada a utilizar el problema del acoso escolar sufrido por su hija como un medio para acudir a la comandancia y obtener la información que tanto ansiaba sobre el agente Ojazos. Reconozco que no era la mejor manera de actuar, que estaba utilizando un verdadero problema ajeno para satisfacer mis propios intereses personales. Sin embargo, en mi defensa debo decir que no me encontraba en mi mejor estado, ni física ni emocionalmente. La tristeza extrema y la agonía que me embargaban me llevaron a actuar de manera impulsiva, haciendo cosas de las que posteriormente me arrepentiría. A veces, en nuestros momentos más oscuros, perdemos la brújula moral y nos vemos arrastrados a acciones que van en contra de nuestros principios.

No me sorprendió que el mismo agente Moreno fuera quien atendiera a Alicia. Por un lado, se trataba de una comandancia pequeña y por otro, era plenamente consciente de que me estaba metiendo en la boca del lobo, arriesgando más de lo que debería por cualquier tipo de información sobre Ojazos. Al menos eso pensaba yo en un principio, porque en cuanto puse un pie en la comisaria, aquella necesidad de información mutó a una necesidad imperiosa y real por verle. Ni la presencia de Moreno logró disuadirme en mi objetivo. Tampoco lo hizo su voz autoritaria al reconocerme.

—¿Tú por aquí? —preguntó—. ¿Dónde estás ahora?

10

Sabía que con aquellas preguntas deseaba saber mi domicilio actual, deseaba tenerme controlada y mis múltiples mudanzas se lo ponían francamente complicado. Yo no iba a ser menos. La constante sensación de estar siendo observada se había vuelto casi normal en mi vida. Cada vez que respondía a una pregunta, cada vez que daba un paso, sentía como si estuvieran evaluándome, escudriñando cada detalle de mi vida en busca de alguna debilidad. Pero no iba a dejar que su curiosidad sin límites me intimidara.

—En mi casa —respondí.

Su siguiente comentario me golpeó como un puñetazo en el estómago.

—Por cierto —continuó Moreno—, pude comprobar en tus resultados que no tienes cáncer, pero sí hongos vaginales.

Sus palabras penetraron en lo más profundo de mi ser, causando un dolor que iba más allá de lo físico. Sentí una herida abierta en mi interior, una ofensa que nunca antes había experimentado de esa manera. Aunque sabía que la presencia de hongos vaginales era una consecuencia de la medicación que estaba tomando, el modo en que lo expresó me hizo sentir humillada y despreciada. Sin embargo, en medio de mi indignación, un pensamiento se abrió paso en mi mente: ¿cómo habían obtenido esa información sobre mí? La única explicación posible era que hubieran accedido a los registros de mi coche, en el taller. Esta revelación solo avivó las llamas de mi ira y frustración. ¿Qué más podrían descubrir de mí si eran capaces de utilizar mi historial médico de esa manera? ¿Hasta dónde llegarían en su afán por violar mi intimidad?

Estos pensamientos, acompañados de una creciente sensación de indignación, se apoderaron de mí por completo. Me sentí invadida, vulnerada en lo más íntimo de mi ser. Pero en lugar de dejarme consumir por la impotencia, decidí enfrentar a aquel corrupto, decidí plantar cara a la injusticia y luchar por mi dignidad.

«¡¡Basta ya!!». El grito de frustración brotó de mis labios con una fuerza que apenas reconocí. Cada fibra de mi ser estaba saturada de indignación, de un deseo abrumador por hacer frente a la injusticia que se cernía sobre mí. Aunque el impulso de golpear al agente Moreno me invadió, la presencia constante y tranquilizadora de Alicia a mi lado me ayudó a contenerme. No podía permitirme caer en la misma espiral de violencia y abuso que él representaba.

Aun así, mis palabras parecieron caer en oídos sordos, incapaces de disuadir a Moreno de su afán por mantenerme bajo su control. Era como si estuviera aferrado a mí con garras de acero, sin intención alguna de soltarme. Ante esa obstinación, me sentí aún más atrapada en una situación que amenazaba con devorarme por completo.

—He visto tus fotos de las redes sociales, en algunas venías de mantener relaciones sexuales, fijo.

La rabia bullía dentro de mí, una llama intensa que amenazaba con consumir todo a su paso. Sin embargo, en medio de ese torbellino de emociones, encontré la claridad necesaria para responder de manera estratégica.

—Claro, claro... —entoné con desdén fingido, como si las palabras de Moreno no tuvieran el más mínimo efecto en mí—.

Estoy segura de que tu compañero estaba llorando por eso... y por mí, por supuesto.

Mis palabras, cargadas de sarcasmo y astucia, fueron mi forma de contraatacar ante su intento de intimidación. Con cada frase, intentaba recuperar el control de la situación y hacerle ver a Moreno que sus tácticas no surtían el efecto deseado en mí.

La reacción del agente, ante mi revés, fue de lo más reveladora; su enfado era palpable y eso me reconfortó. Yo para él sería una mierda, pero uno de los suyos había llorado por mí.

La idea de ir a la comandancia con Alicia en busca de información sobre Ojazos puede que no haya sido la mejor decisión, lo reconozco. Sin embargo, ya estaba hecho. Salí de la comisaría con la firme determinación de dejar atrás toda esa corrupción. Si eso significaba tener que apartar de mi mente al agente Ojazos, así lo haría. Mis problemas personales eran muchos y variados: desde el estrés de pagar el alquiler hasta la difícil relación con mi familia. Sumado a esto, estaba la constante presión que ejercía sobre mí la Guardia Civil. Todo ello me obligaba a concentrarme en lo verdaderamente importante. Y, por si fuera poco, el ambiente laboral en el Bodegón tampoco ayudaba en absoluto.

Aquel domingo en el restaurante, la atmósfera estaba cargada y el bullicio era constante. Las mesas estaban llenas, y tanto mis compañeros como yo estábamos en constante movimiento, atendiendo las necesidades de los clientes. Al principio, la presión no parecía diferente a la de otras ocasiones, pero conforme avanzaba la jornada, la tensión en el ambiente se intensificó. Lo que realmente hizo que la situación se volviera insoportable fue la actitud de un joven camarero de diecisiete años. Este chico, que había crecido frente a mis ojos en el restaurante, se permitía el lujo de tratarme con una falta de respeto constante. Cada interacción con él era un desafío, una humillación disfrazada de superioridad. No podía permitirlo. Ya tenía bastante con lidiar con los malos modos de mis superiores;

sumarle la mala educación de este joven era la gota que colmaba el vaso. Había llegado al límite de mi paciencia y tolerancia. Quise acabar con todo de una vez por todas.

Después de soportar tanto abuso y maltrato en el trabajo, finalmente reuní el valor para llamar a la Guardia Civil. Sabía que debía hacerlo, a pesar del temor que sentía ante las posibles represalias. Cuando llegaron los agentes, me di cuenta de que no conocía a ninguno de ellos, pero eso no disminuyó mi determinación. Estaba decidida a hacer que se hiciera justicia, aunque sabía que el agente Moreno se enteraría de mi llamada y de lo que ocurriría a continuación.

Con firmeza, relaté la denuncia en el mismo lugar. Detallé el trato inaceptable al que éramos sometidos los trabajadores día tras día: los abusos constantes que soportábamos durante jornadas laborales interminables, a veces de trece o catorce horas, llegando incluso al extremo de prohibirnos beber agua. No podía contener más mi indignación. Me desahogué, conté toda la verdad, sin dejar nada fuera. Incluso mencioné al agente Moreno: «... él viene por aquí y es consciente de todo esto, ¿por qué lo permite?». Era hora de que se conociera la realidad de lo que estábamos viviendo.

Después de que uno de los agentes alertara a mi jefe de que no regresaría a mi lugar de trabajo, me acompañaron a la comandancia para presentar la denuncia por acoso laboral. Fue un paso difícil de dar, pero necesario para poner fin al calvario que había estado soportando durante tanto tiempo. Sentí un alivio momentáneo al hacerlo, pero también una sensación de incertidumbre sobre lo que vendría después.

Una vez que formalizamos la denuncia, busqué ayuda médica. El doctor, al evaluar mi estado de depresión y ansiedad, decidió darme la baja laboral. Fue un momento de reconocimiento de mi propia fragilidad, pero también de fortaleza al aceptar que necesitaba cuidar mi salud mental y emocional. A pesar de todo, seguía decidida a no permitir que el acoso laboral me derrotara.

Por supuesto, decidí seguir luchando por mis derechos. Contraté a un abogado y también me puse en contacto con los sindicatos para obtener apoyo en esta batalla por la justicia y el respeto en el lugar laboral. Cada paso que daba en esta lucha era un recordatorio de mi determinación para enfrentar cualquier obstáculo que se interpusiera en mi camino hacia la justicia y la dignidad.

El descubrimiento de las prácticas ilegales en mi empresa marcó un punto de inflexión en mi lucha por la justicia laboral. No solo estábamos enfrentando incumplimientos de dicha ley, sino que también descubrieron la presencia regular de un guardia civil en el restaurante, desempeñando el papel de contable bajo el nombre de Ángel. Era una figura conocida para todos nosotros en el Bodegón, ya que se encargaba de tareas administrativas como el pago de las nóminas, entre otras responsabilidades. Sin embargo, lo que desconocíamos eran los entramados económicos clandestinos que Ángel llevaba a cabo en el restaurante. Estas actividades ilícitas salieron a la luz cuando presenté la denuncia y se iniciaron las primeras investigaciones.

A medida que se profundizaba en estas, se desvelaban más detalles sobre las prácticas indebidas que tenían lugar en el restaurante. Cada nuevo hallazgo aumentaba mi indignación y fortalecía mi determinación de seguir adelante con la denuncia. No podía permitir que estas injusticias siguieran ocultas ni que se continuara abusando del poder en mi trabajo. Era hora de hacer frente a la corrupción y luchar por la justicia, no solo para mí, sino para todos los trabajadores afectados por estas prácticas deshonestas.

Durante esos difíciles meses en los que mi alma estaba en vilo, sumergida en un mar de pruebas, versiones y testigos, el apoyo incondicional de las personas que se unieron a mi causa fue mi mayor sostén. Había decidido no enfrentar esta batalla sola; había buscado aliados en sindicatos, abogados y, lo más reconfortante de todo, un grupo de testigos dispuestos a respaldar mi versión de los hechos. Uno de esos testigos era Loli, y otro el *maître* del restaurante, cuya presencia imponente y voz serena irradiaban una sensación de confianza y seguridad. También había varios camareros que se ofrecieron a testificar a mi favor, compartiendo sus propias experiencias y corroborando las injusticias que estábamos enfrentando.

Sentir que estas personas estaban a mi lado, dispuestas a dar un paso al frente y respaldar mi versión de los acontecimientos, fue profundamente reconfortante. En medio de la incertidumbre y el estrés, su apoyo me infundió fuerzas y renovó mi determinación para seguir adelante con mi lucha por la justicia laboral.

Cada palabra de aliento, cada gesto de solidaridad, era como un bálsamo para mi alma herida. Saber que no estaba solo en esta batalla me dio el coraje necesario para enfrentar los desafíos que se presentaban en el camino.

El día de mi regreso al trabajo en el Bodegón fue un torbellino de emociones contradictorias. Por un lado, sentía alivio al poder retomar mi rutina laboral y recuperar parte de mi vida anterior. Pero, por otro, la idea de volver al mismo lugar donde había sufrido tanto durante años llenaba mi corazón de ansiedad y temor. Había pasado seis largos meses de baja médica, tratando de recuperarme física y emocionalmente de todo lo que había vivido en el restaurante. Sin embargo, la necesidad de mantener mis derechos laborales acumulados a lo largo de los años pesaba sobre mí como una losa. Si no volvía a mi puesto de trabajo, perdería todo lo que me correspondía por derecho, y eso sería una derrota aún mayor después de todo lo que había sucedido.

A pesar de mis dudas, sabía que no podía permitirme renunciar a mis derechos sin luchar. Había soportado demasiado y había peleado con valentía para llegar hasta ese momento. No podía echarlo todo por la borda ahora.

Siguiendo el consejo de mi abogada, decidí tomar medidas para protegerme a mí misma y mi integridad. Cada día, antes de salir de casa, colocaba una pequeña grabadora en el bolsillo trasero de mi pantalón. Era mi manera de asegurarme de tener evidencia en caso de que surgiera algún conflicto en el Bodegón. La presión sobre mis hombros era abrumadora, pero estaba decidida a no dejarme vencer. Al llegar al trabajo, presionaba el botón de reproducción y dejaba que la grabadora registrara cada palabra y cada interacción. Sabía que no podía confiar en la buena fe de mis superiores o compañeros de trabajo, y esa grabadora se convirtió en mi mejor aliada en medio de aquel infierno laboral. A pesar del estrés y la tensión que sentía cada día, me aferraba a la sensación de control que me proporcionaba ese pequeño aparato. Me daba fuerzas para enfrentar los desafíos que se presentaban, sabiendo que tenía un recurso para protegerme a mí misma y mi verdad.

Así pasaron los días, con la grabadora como compañera, registrando cada momento de mi jornada laboral en el Bodegón. Era un recordatorio constante de la lucha que estaba librando y la determinación que tenía para hacer justicia por todo lo que había pasado.

Tras consultarlo con mi abogada, comprendí que las grabaciones que había recopilado serían una pieza clave en mi defensa. En ellas quedaban registrados no solo los gritos y humillaciones que había soportado, sino también los insultos y malos tratos que habíamos sufrido los trabajadores. Se trataba de una evidencia irrefutable de la toxicidad del ambiente laboral en el que nos veíamos obligados a trabajar día tras día.

Además, contaba con el apoyo invaluable de Loli, quien, a pesar de ya no formar parte del personal del restaurante, se había convertido en una aliada crucial en mi lucha. Gracias a su destreza en las redes sociales, pudimos acceder a una gran cantidad de blogs y reseñas en los que los propios clientes criticaban tanto la calidad de la comida como el trato vejatorio hacia los trabajadores. Cada comentario negativo, cada crítica sobre el trato recibido en el Bodegón, era como un respaldo más a mi causa. Loli se encargó de recopilar toda esa información y ponerla a disposición de mi abogada, quien recibió estas pruebas con gran satisfacción. Aquellos testimonios de clientes insatisfechos eran una confirmación pública del calvario que vivíamos en el restaurante, y fortalecían nuestra posición en el proceso legal que estábamos emprendiendo.

Cada día que pasaba, me sentía más decidida a buscar justicia no solo para mí, sino también para todos los compañeros que habían sufrido en silencio el mismo trato degradante. Con cada nuevo elemento de prueba que añadíamos al caso, mi esperanza de obtener una resolución justa se fortalecía. Ver cómo nuestra lucha empezaba a dar frutos me daba el impulso necesario para seguir adelante, sin importar los obstáculos que se interpusieran en mi camino.

Fue entonces cuando tomé la decisión de denunciar a la empresa ante una inspección de trabajo. Esta no tardó en respaldar mis denuncias, confirmando lo que ya sabíamos: vejaciones, pagos de horas extras en negro y una extensión ilegal de las horas de trabajo que vulneraban nuestros derechos laborales.

Cada nueva prueba recopilada era un paso más hacia la justicia, y cada vez me sentía más firme en mi determinación de enfrentarme a mis jefes y exigirles que rindieran cuentas por sus acciones. Sabía que aún quedaba un largo camino por recorrer, pero cada pequeña victoria me acercaba un poco más a mi objetivo final. Con cada prueba que añadíamos a nuestro dossier, sentía cómo aumentaba mi convicción de que, al final, la justicia prevalecería y se haría valer para todos los trabajadores afectados.

Mantenerme firme en mi lucha contra la injusticia era mi prioridad absoluta, incluso sabiendo que tenía a la Guardia Civil en mi contra. Sin embargo, mis pruebas eran sólidas y verídicas, una evidencia innegable de los abusos que se estaban cometiendo en el Bodegón. La empresa estaba violando la ley de manera flagrante, y no había forma de ocultarlo.

A pesar de la estrecha relación que mi jefe mantenía con el agente Ángel, la verdad era que estábamos enfrentando una realidad incuestionable. La ley estaba siendo infringida, y mis pruebas eran la prueba fehaciente de ello. Mi jefe quizás creía que podría eludir la justicia gracias a sus contactos y comprar a cualquiera que se interpusiera en su camino, pero no contaba con la firmeza de mis abogados sindicales, quienes no sucumbirían a sus chantajes. Además, la inspección de trabajo estaba decidida a hacer cumplir la ley sin importar quién estuviera involucrado, lo que complicaba aún más las cosas para mi jefe y sus cómplices.

A medida que se acercaba la audiencia de conciliación, las tensiones en el restaurante alcanzaron niveles insostenibles. Mi jefe, cada vez más irascible y agresivo debido a su falta de control en la situación jurídica, contribuía a empeorar el ya de por sí tenso ambiente laboral. Por mi parte, seguía recibiendo el apoyo de ex-trabajadores del Bodegón, algo que me dotaba de cierta seguridad a la hora de presentarme al juicio. Sin embargo, mi abogada me advirtió sobre una posible complicación: a pesar de contar con testigos dispuestos a confirmar el acoso laboral, el juez podría no darles mucha credibilidad debido a que ya no trabajaban en el restaurante. Esta posibilidad agregaba un nuevo obstáculo en el camino hacia la justicia, pero no me detendría.

A escasas horas de enfrentarme a la audiencia de conciliación, me aferraba a la esperanza de que la justicia prevaleciera, pero la sombra del escepticismo seguía acechando en los rincones más oscuros de mi conciencia, recordándome la fragilidad de mis expectativas. Unas expectativas, que como se comprobaría poco después, habían sido demasiado elevadas en lo que a mí respecta.

11

La sala de conciliación estaba impregnada de una atmósfera cargada de tensiones y esperanza. En medio de ese escenario, me encontraba yo, enfrentándome a una decisión que podría definir el curso de mi futuro. Las palabras del abogado de la empresa resonaban en mis oídos, ofreciéndome diez mil euros a cambio de retirar la denuncia. Mi jefe estaba acusado de violencia sexual por una compañera, y no quería que mi denuncia empañara su ya complicada situación, que podría llevarle incluso a perder la libertad.

El dilema me atormentaba, haciendo que cada opción se volviera borrosa y difusa. Por un lado, la promesa de una compensación monetaria que podría aliviar mis preocupaciones financieras, pero a costa de silenciar una verdad que merecía ser expuesta. Por otro, la integridad moral y el sentido de justicia que me impulsaban a rechazar cualquier acuerdo que implicara un pacto con la impunidad.

El peso acumulado de años de lucha y resistencia finalmente me alcanzó en ese momento. Me sentía como si estuviera en medio de un vendaval, incapaz de encontrar un refugio seguro para protegerme de la tormenta que me azotaba. Cada recuerdo de las humillaciones y abusos sufridos en mi lugar de trabajo parecía pesar toneladas en mi mente. Años de batalla constante para hacer valer mis derechos y denunciar las injusticias me habían dejado exhausta, tanto física como emocionalmente. Ahora, en un punto crítico de la negociación, me encontraba al borde del colapso. La ansiedad y el estrés se apoderaron de mí, envolviéndome en una niebla de incertidumbre y desesperación. ¿Había sido en vano todo mi esfuerzo y sacrificio? ¿Qué significaba realmente la justicia en un mundo donde las víctimas a menudo se ven obligadas a cargar con el peso de la culpa y la duda?

Mis abogados me apoyaron de tal forma que jamás olvidaré. Cada palabra de aliento, cada gesto de solidaridad, me recordaba que no estaba sola en esta batalla por la justicia. Sentí su respaldo, una fuerza tranquilizadora que me permitía contemplar con algo más de claridad las opciones que se presentaban ante mí. Mis abogados, con su profesionalidad y empatía, me proporcionaron el espacio necesario para reflexionar y tomar una decisión informada. Su confianza en mí y su compromiso con mi causa me dieron el coraje suficiente para comprender que había llegado el momento de elegir.

Sin embargo, a medida que debatíamos, pude percibir la sombra de la duda en el rostro de mi abogada. Sus ojos reflejaban una mezcla de preocupación y resignación. A pesar de sus esfuerzos por mantener la compostura, era evidente que el poder y la influencia de mi jefe representaban un obstáculo excesivo en nuestro camino hacia la verdad. Sus palabras, cargadas de sinceridad y realismo, me recordaron la cruda realidad de nuestro sistema judicial, donde la corrupción a menudo prevalece sobre la verdad y la justicia. Aunque su consejo fue un golpe duro, aprecié su honestidad y su valentía al enfrentar una situación tan delicada.

Después de una larga y agotadora deliberación, decidí seguir el consejo de mi abogada y aceptar la indemnización ofrecida, a pesar de la sensación nauseabunda que recorrió mi cuerpo cuando lo hice. Un sentimiento de amargura y desilusión se apoderó de mí en el momento en que firmé el acuerdo. Cada trazo del bolígrafo sobre el papel parecía resonar con el eco sordo de la injusticia. Mis manos temblaban ligeramente, y una sensación repugnante se apoderó de mi cuerpo mientras completaba el trámite. En lo más profundo de mi ser, sabía que estaba cediendo ante un sistema corrupto, que la justicia que tanto anhelaba estaba más allá de mi alcance. Mientras contemplaba el documento firmado, una oleada de emociones encontradas me invadió. Sentí un alivio momentáneo al pensar en el fin de mi calvario laboral y en la posibilidad de recuperar un poco de paz en mi vida. Sin embargo, ese alivio estaba teñido de un profundo pesar, una sensación de haber sacrificado mi integridad y mi dignidad en aras de una solución rápida y conveniente. «No hay justicia alguna», murmuré para mis adentros mientras guardaba el papel en mi bolsillo. Caminé por el pasillo del juzgado con la cabeza gacha y el corazón pesado. Aunque había puesto fin a una batalla legal larga y agotadora, el sabor amargo de la injusticia seguía atormentándome. En lo más profundo de mi ser, seguía ardiendo el deseo de justicia.

Después de perder mi trabajo, enfrentarme a problemas de salud y luchar contra la depresión y ansiedad persistentes, me vi obligada a buscar una nueva oportunidad laboral. A pesar de las dificultades, sentía una necesidad urgente de continuar hacia adelante y recuperar mi estabilidad emocional y financiera.

Con determinación y currículum en mano, comencé mi búsqueda de empleo recorriendo diversos restaurantes y hoteles de la zona. Cada paso que daba estaba cargado de la esperanza de encontrar un lugar donde pudiera sentirme valorada y contribuir con mis habilidades y experiencia. No me limité solo a los restaurantes, también exploré oportunidades en hoteles y otras empresas locales. Buscaba destacar entre la multitud, transmitiendo mi deseo genuino de dejar atrás los tiempos difíciles y avanzar hacia un futuro más prometedor.

A medida que pasaban los días, la búsqueda se volvía cada vez más agotadora. La incertidumbre y la ansiedad me pesaban, pero me aferraba a la esperanza de que pronto encontraría una oportunidad que cambiaría mi vida. No me conformaba con cualquier trabajo; aspiraba a conseguir un empleo en una gran empresa, donde pudiera desarrollarme profesionalmente y dejar atrás las experiencias negativas de negocios pequeños y familiares. Cada entrevista era una montaña rusa emocional, con altibajos de esperanza y desilusión. Sin embargo, seguía adelante, alimentando la llama de la esperanza y la determinación que ardía en mi interior. Sabía que el camino hacia la recuperación y la estabilidad era difícil, pero estaba dispuesta a recorrerlo paso a paso, con la esperanza de un futuro mejor.

Después de mi periodo de búsqueda, finalmente conseguí un trabajo en el comedor de un hotel. Era un gran cambio respecto a mi experiencia en el restaurante, pero lo recibí con los brazos abiertos. Mi función consistía en recoger las mesas y volver a montarlas para los siguientes comensales. Aunque la tarea era sencilla, significaba mucho para mí después de todo lo que había pasado. Una de las cosas que más agradecía de este nuevo empleo era la ausencia de contacto directo con los clientes. Después de los problemas que había enfrentado en el Bodegón, el hecho de no tener que interactuar con ellos era un alivio considerable. Saber que no tenía que lidiar con situaciones incómodas o clientes difíciles me permitía concentrarme en mis responsabilidades y seguir adelante.

Además, el ambiente laboral en el hotel era completamente diferente al del restaurante. Me sorprendía la calma que reinaba entre mis compañeros. Todos cumplían con sus tareas de manera diligente y sin interferir en la vida de los demás. No había rastro de los malos modos y la tensión que caracterizaban mi antiguo lugar de trabajo. Esta nueva atmósfera era como un bálsamo para mí, ofreciéndome la tranquilidad y el respiro que tanto necesitaba.

Aunque mi nuevo empleo no era el trabajo de mis sueños, representaba una oportunidad para empezar de nuevo y dejar atrás los problemas del pasado. Cada día en el hotel era un paso hacia adelante en mi camino hacia la recuperación y la estabilidad. Estaba agradecida por esta nueva oportunidad y decidida a aprovecharla al máximo. Sin embargo, no podía evitar preocuparme por la temporalidad del contrato que había firmado: apenas seis meses. Esta situación añadía una capa adicional de estrés a mi ya complicada situación financiera. El hecho de tener que lidiar con la incertidumbre de no saber qué pasaría una vez que finalizara mi contrato me preocupaba ¡y mucho!

La cuestión económica era una espada de doble filo. Por un lado, estaba agradecida por tener un empleo que me permitiera mantenerme a flote, al menos temporalmente. Pero, por otro, la perspectiva de tener que volver a buscar trabajo en seis meses me generaba una gran ansiedad. Una de mis principales preocupaciones era cómo iba a hacer frente a los gastos mensuales. La hipoteca de mi vivienda y el alquiler de la habitación en casa de David, donde residía junto a mis compañeras de piso, eran dos compromisos financieros importantes que no podía permitirme el lujo de descuidar. La idea de no poder cumplir con mis obligaciones financieras me atormentaba constantemente, añadiendo presión a mi ya complicada situación.

A pesar de todo, trataba de mantener la esperanza y la determinación de encontrar una solución. La situación no era ideal, pero estaba decidida a encontrar una manera de superar este nuevo desafío y seguir adelante con mi vida, que era lo que más deseaba en aquellos momentos.

La solución a mis preocupaciones financieras llegó de la manera más inesperada: a través de una entidad bancaria que me concedió un préstamo personal. Esta noticia fue como un rayo de luz en medio de la oscuridad que había estado experimentando. La sensación de alivio y esperanza que sentí al recibir la aprobación del préstamo fue indescriptible. Por fin, podía respirar con un poco más de tranquilidad y dejar atrás la constante ansiedad por no saber cómo iba a hacer frente a mis cargas financieras. El préstamo no solo me proporcionó estabilidad económica, sino también una sensación renovada de independencia. Desde que tuve que alquilar mi piso en propiedad, por necesidad, había sentido que mi libertad y autonomía se veían comprometidas. Sin embargo, ahora, con el préstamo en mi poder, recuperaba parte de esa autonomía que tanto había echado de menos.

La posibilidad de mantenerme económicamente y tomar decisiones financieras sin depender completamente de los demás me devolvió la confianza en mí misma y en mi capacidad para superar los desafíos que la vida me presentara. Me sentí empoderada y decidida a tomar el control nuevamente.

Aquel préstamo no solo fue una solución a mi economía, también representó un paso importante hacia mi independencia personal.

Recuperar mi vivienda fue mucho más que simplemente volver a tener un techo propio sobre mi cabeza. Fue el cumplimiento de un sueño largamente acariciado, un oasis de tranquilidad en medio del caos que había sido mi vida en los últimos tiempos. Había atravesado un auténtico infierno, no solo por la demanda laboral y los problemas en el trabajo, sino también por los altibajos emocionales y los conflictos familiares que habían marcado mi camino; sin olvidar, por supuesto, el acoso al que estaba sometida por parte de la benemérita. Durante años, me vi enfrentando desafíos sin el apoyo de aquellos que se hacían llamar «de mi sangre». Las ausencias y las decepciones minaron mi autoestima, dejándome con la sensación de estar completamente sola. La falta de respaldo familiar me golpeó duramente, haciéndome cuestionar mi valía y mi capacidad para enfrentar los problemas que la vida se había encargado de ponerme por delante.

Por eso, recuperar mi piso fue mucho más que simplemente tener un lugar donde vivir. Fue como recuperar una parte perdida de mí misma, un refugio donde reencontrarme con mi verdadera esencia. Cada rincón de ese espacio contenía recuerdos y emociones, y volver a estar allí me permitió reconectar con mi pasado y con todo lo que había sido importante para mí.

Recuperar mi intimidad fue especialmente importante y significativo. Durante demasiado tiempo había sentido que mi privacidad y mi autonomía estaban siendo invadidas, tanto en el trabajo como en mi vida personal. Volver a tener un espacio propio, donde poder ser yo misma, sin miedo ni interferencias externas, fue verdaderamente liberador. Regresar a mi hogar significó recuperar el control de mi vida. Fue un paso crucial hacia adelante, un símbolo de esperanza y renovación en medio de la adversidad. Me recordó que, a pesar de todos los obstáculos que había enfrentado, seguía siendo dueña de mi destino y capaz de construir el futuro que deseaba.

El día que los inquilinos me devolvieron las llaves, todo transcurrió con una aparente normalidad. Al abrir la puerta del apartamento que durante un tiempo había sido mi hogar, me encontré con un espacio que, aunque en buen estado, claramente necesitaba una buena dosis de limpieza y orden. Sin embargo, lo que estaba por suceder no lo había previsto en absoluto. Fue la pregunta del que había sido mi arrendatario la que me cogió por sorpresa: «¿Te ha pasado algo?». No supe a qué se refería hasta que su novia tomó el control de la conversación: «Es que se ha presentado aquí un guardia civil acompañado de Daniel». En ese momento, sentí como si un cubo de agua fría se hubiera derramado sobre mí. Sabía que mis inquilinos le conocían, aquí en el barrio nos conocemos todos, pero... ¿Daniel?, ¿el mismo hombre al que había denunciado? ¿El que me había agredido y empujado al suelo? ¿Acompañado por un guardia civil? La incredulidad se apoderó de cada célula de mi cuerpo mientras trataba de procesar la situación.

Aquello parecía sacado de una pesadilla, como si de repente hubiera sido arrastrada, de nuevo, a un mundo en el que los conceptos de justicia y protección se habían vuelto del revés. La presencia de un guardia civil junto a Daniel, el hombre al que había denunciado, no solo era perturbadora, sino que también parecía confirmar mis peores temores: los protectores de la ley ya ni siquiera disimulaban su acoso.

Según me contaron, el guardia no paró de registrar la casa, entrometiéndose en cada armario, cada cajón, cada rincón... «Lo hacía con una mirada de lo más penetrante». Ahí estaba. Ese fue el dato que hizo saltar todas mis alarmas: «Mirada penetrante...», pensé. No había lugar a dudas: ¡el agente Ojazos había estado en mi casa! Cada detalle que me relataban aumentaba mi sensación de intranquilidad, como si estuviera siendo observada incluso en la distancia. La idea de que Ojazos estuviera involucrado en ese registro clandestino solo alimentaba mis peores sospechas. Imágenes se formaban en mi cabeza, escenas de él husmeando entre mis pertenencias con una expresión seria y concentrada. «¿Qué estaría buscando? —pensé—, ¿qué interés tendría en revolotear por mi casa de esa manera?».

Mis manos temblaban ligeramente, el desconcierto se mezclaba con una profunda incomodidad, pero mi necesidad de entender lo que estaba sucediendo superaba cualquier otra emoción en ese momento. A pesar de mi asombro y, por qué no decirlo, malestar, no pude contener mis ganas de saber sobre él: «¿Te dijo algo más? —pregunté nerviosa—, ¿por qué no me llamasteis en ese mismo momento?». Necesitaba desesperadamente más información, cualquier detalle que pudiera arrojar luz sobre la situación. Fueron de lo más coherentes al explicarme que se asustaron al encontrarse con Daniel y el agente en casa. Desconocían si pasaba algo y decidieron guardar silencio para protegerme.

En resumen, mi regreso al hogar, aunque marcado por un sentimiento de dulce tranquilidad al reencontrarme con mi espacio, también estuvo teñido por una profunda melancolía. Mi abatimiento era evidente y la razón también: el agente Ojazos. Por mucho que había tratado de conseguir información sobre él, mis esfuerzos fueron en vano, seguía sin saber ni si quiera su nombre. Sin embargo, a pesar de mi frustración, era consciente de que necesitaba seguir adelante con mi vida. Por más que me obsesionara su presencia en mis pensamientos, sabía que no podía permitir que eso me consumiera por completo. Tenía que dejar de lado mis inquietudes y centrarme en los aspectos más importantes, en encontrar la paz y la estabilidad que tanto anhelaba. Aunque era una tarea difícil, sabía que era la única manera de seguir adelante.

12

Una mañana, tras realizarme unos análisis, sentí la necesidad de recargar energías y encontré refugio en la acogedora atmósfera de la cafetería que se encontraba justo al otro lado de la calle. La camarera, una joven amable y encantadora, me recibió con una sonrisa cálida que me reconfortó al instante. Entre charlas y risas, descubrimos que compartíamos varios intereses en común, lo que hizo que nuestra conexión fuera instantánea. Debido a mi soledad y apoyo familiar, utilizaba las redes sociales para relacionarme con el mundo exterior; así que decidí agregarla a mis perfiles. Al hacerlo, sentí un ligero atisbo de emoción. Quizás aquella simple acción podría ser el inicio de una nueva amistad, un lazo que me ayudaría a sentirme menos sola.

Pepa, que así se llamaba, compartió conmigo una confidencia que abrió una ventana a su mundo interior. Al escucharla relatar su experiencia, pude vislumbrar las sombras del pasado que habían marcado su camino: años de convivencia con personas envidiosas y tóxicas que habían dejado cicatrices en su corazón y la habían privado de verdaderas amistades. Sus palabras resonaron dentro de mí, encontrando eco en mis propias vivencias de soledad y la sensación de no encajar en muchos momentos de mi vida.

Esta conexión fue uno de los principales motivos que me impulsaron a querer conocerla mejor. En ella veía la oportunidad de establecer una amistad auténtica, basada en la sinceridad y el apoyo mutuo, decisión de la que en un futuro no muy lejano me arrepentiría.

Pepa irradiaba una energía contagiosa, una especie de luz interior que iluminaba cualquier ambiente en el que se encontrara. Su actitud positiva y risueña era como un bálsamo para el alma, y deseaba con todas mis fuerzas que su buen humor y vitalidad se filtraran en mi vida, como un suave rayo de sol que penetra en una habitación oscura. Sentía que necesitaba desesperadamente ese influjo positivo en mi día a día. Sin embargo, a pesar de su alegría aparente, había ciertos aspectos de ella que me desconcertaban. Uno de ellos era su extraña afición por aparentar una edad mayor de la que realmente tenía. Esta peculiaridad me descolocaba por completo y me hacía cuestionarme sus motivaciones detrás de tal comportamiento. Quizás era mi deseo urgente de encontrar una amistad verdadera lo que me impulsaba a dejar de lado ciertos aspectos confusos de su personalidad. Estaba tan hambrienta de compañía y conexión humana que no me detuve demasiado a analizar estas pequeñas excentricidades.

Nuestra amistad solía llevarnos a realizar algún que otro viaje a Madrid, sumergiéndonos en la vibrante vida nocturna de la gran ciudad. Para mí, acostumbrada a una vida más tranquila y serena, estas escapadas suponían una experiencia totalmente nueva y emocionante. Pero conforme pasaba el tiempo, me di cuenta de que nuestra relación se centraba en gran medida en salir de fiesta, algo que nunca había sido una parte importante de mi vida, y mucho menos con la frecuencia con la que lo hacíamos ahora.

Observé cómo Pepa, cuando se emborrachaba, parecía perder totalmente la inhibición y su actitud se volvía excesiva. Su comportamiento en esos momentos, me incomodaba; además, me llamaba la atención el hecho de que cada noche terminara con un chico diferente. Aunque en un principio no me importaba demasiado, ya que cada uno es libre de vivir su vida como desee, pronto me di cuenta de que esa actitud empezaba a traerme consecuencias negativas. La gente del pueblo comenzó a relacionarme con Pepa, y no precisamente en términos positivos. Las habladurías y los comentarios malintencionados empezaron a circular a mi alrededor, sembrando dudas y sospechas sobre mi reputación. Fue entonces cuando comprendí que mantener una estrecha relación con ella podría tener consecuencias nefastas para mí. Las palabras maliciosas y los juicios precipitados me afectaron más de lo que hubiera imaginado. Empecé a sentirme incómoda, como si estuviera en el punto de mira de toda la comunidad. Me di cuenta de que, si seguía vinculada a semejante compañía, mi reputación y mi integridad podrían verse seriamente comprometidas.

La revelación de la traición de Pepa fue un golpe inesperado, un giro en mi vida que me dejó completamente abatida. A medida que digería la noticia, me encontré inmersa en un torbellino de emociones encontradas: incredulidad, ira, decepción, todo mezclado en una confusa maraña de sentimientos. Mi «amiga» había mantenido una relación con un guardia civil compañero del agente Moreno. ¡Era lo que me faltaba! Como si las amenazas proferidas por este no fueran lo suficientemente graves... Lo peor de todo fue darme cuenta de que la traición se había planeado a mis espaldas. Pepa había decidido pasar información sobre mí a Moreno, sin importar las consecuencias que ello pudiera tener para mí. Era como si estuviera echando gasolina al fuego de las amenazas que ya había recibido por parte de ese corrupto.

Cuando finalmente me enteré de todo esto, decidí adoptar una actitud de aparente ignorancia. Quería darle la oportunidad de hacer lo correcto, de confesarme la verdad y explicarme sus motivos. Pero, para mi decepción, mantuvo silencio, como si no tuviera nada que ocultar. Fue entonces cuando comprendí que nuestra relación estaba condenada y dinamitada, que la confianza que había depositado en ella se había desvanecido para siempre.

La idea de enfrentarme a Pepa me llenaba de ansiedad y temor, pero también de determinación. Sabía que no podía seguir ignorando la verdad, que era hora de poner las cartas sobre la mesa y afrontar la situación con valentía, por muy doloroso que fuera el resultado. Me encontraba en una encrucijada, consciente de que confrontarla no conduciría a nada bueno. Las palabras podrían herir, las emociones podrían desbordarse... Sin embargo, la alternativa de quedarme en silencio y permitir que los rumores se extendieran sin control no era una opción para mí, y menos sabiendo que el agente Moreno estaba involucrado en el asunto.

Había aprendido, a lo largo de mis experiencias pasadas, que la injusticia no podía ser ignorada ni tolerada. Había sido testigo de cómo el silencio y la complacencia solo perpetuaban el sufrimiento y la desigualdad. Por eso, aunque temía las consecuencias de enfrentarme a Pepa, sabía que era necesario hacerlo para proteger mi dignidad. No podía permitir que las malas acciones de alguien más me arrastraran hacia el fango. Había luchado demasiado para salir adelante, para recuperar mi vida, como para permitir que alguien más pusiera en peligro lo que con tanto esfuerzo estaba recuperando. Era hora de enfrentar mis miedos y defender lo que era justo y correcto.

«¡¡Que seas precisamente tú la que hable de los demás...!! —grité a través de la línea telefónica—, ¡¡pero si eres la más puta!!». Reconozco que mis palabras fueron un golpe bajo, una salida de tono que no debería haber permitido. Pero en ese momento la rabia me dominaba por completo y solo podía expresar lo que sentía con una franqueza brutal.

Tal como me esperaba, Pepa no se tomó nada bien ni mis palabras ni mi arrebato, y no dudó en presentarse en mi casa y aporrear la puerta con una agresividad que jamás había demostrado tan abiertamente, cual tormenta desatada dispuesta a arrasar con todo a su paso. «¡¡Abre, zorra, que ya estoy aquí!! —vociferaba enloquecida—. ¡¡Te voy a reventar!!». Los golpes contra la puerta resonaban en toda la casa, cada uno de ellos como un eco de la furia descontrolada. Empezaron a subir de intensidad, alternaba puñetazos con patadas, exigiendo que le abriera y profiriendo cien mil amenazas a la vez.

Reconozco que me asusté. No estaba preparada para enfrentarme a la ira descontrolada de Pepa, ni mucho menos para lidiar con las consecuencias de nuestras palabras. Con manos temblorosas, marqué el número de emergencias y pedí ayuda. La voz del operador en el otro extremo de la línea intentaba calmarme, pero el pánico seguía creciendo en mi interior. Cuando por fin llegaron los agentes de la policía nacional, Pepa ya se había marchado, dejando tras de sí un rastro de destrucción emocional y un ambiente cargado de tensión.

La policía me propuso denunciarla, pero en ese momento, rechacé la idea tajantemente. No quería involucrarme en más problemas legales, no cuando acababa de salir de un infierno similar en mi lugar de trabajo. «De ninguna manera», pensé. Sin embargo, sí aproveché la presencia de los agentes para dejarles claro un detalle crucial: la estrecha relación de Pepa con la benemérita de la isla. Les conté cómo se jactaba de mantener una buena relación con la Guardia Civil, y cómo esa conexión podría convertirse en un arma en su campaña de acoso contra mí. Sabía que Moreno seguía acechándome, buscando cualquier oportunidad para perjudicarme, y esta situación solo facilitaría sus maquinaciones.

La rabia que sentía ante cada injusticia que se cruzaba en mi camino parecía crecer día a día, alimentada por la frustración y la desesperación que me consumían. En un momento de impulso, decidí expresar mi opinión sobre la actuación de la Guardia Civil en un suceso de gran alcance en el pueblo, comentando una publicación en una famosa red social. No fui la única en hacerlo, desde luego, pero mi comentario pareció destacar entre los demás, hecho que no me sorprendió en absoluto. Los comentarios críticos, e incluso ofensivos, de más de cien personas llenaban el enlace, cuestionando y burlándose de la actuación de las autoridades. Sin embargo, fui yo la única que recibió la inesperada visita de la benemérita en mi propia casa al día siguiente. De nuevo, aporreaban mi puerta. Los golpes resonaban como un eco de mi propia frustración. Decidí no abrirles, fingir que no había nadie en el apartamento. Dar esquinazo a la autoridad era una jugada arriesgada, lo sabía, pero mis nervios y el agobio de sentirme acosada me hicieron actuar impulsivamente. Controlar mi asma en medio de la tensión no ayudaba en absoluto; cada respiración era un esfuerzo, un recordatorio constante de la presión que enfrentaba día tras día.

Había pasado años sintiendo el peso de la Guardia Civil sobre mis hombros, con sus amenazas constantes, sus registros ilegales y sus insinuaciones veladas. Y ahora, una vez más, estaban detrás de mi puerta, impidiéndome encontrar paz ni siquiera en mi propio hogar. La sensación de persecución se intensificaba, alimentando mis temores.

Tras horas de reflexión, decidí tomar las riendas de la situación y enfrentarme directamente al problema. No podía seguir escondiéndome ni permitir que el miedo dictara mis acciones. Así que, con determinación, me dirigí hacia la comandancia, dispuesta a enfrentar lo que fuera necesario para poner fin a esta pesadilla.

Había intentado convencer a algunos de mis allegados, incluso a algunas vecinas de confianza, para que me acompañaran en este paso importante. Pero sus negativas me dejaron sola ante el desafío. En ese momento, una mezcla de resignación y firmeza se apoderó de mí, opté por enfrentarme al futuro sola. «Ya está bien de depender de los demás para todo», pensé. ¿Acaso no había tenido que enfrentar la vida sola durante años? ¿Por qué ahora iba a ser diferente? Con cada paso hacia la comandancia, sentía cómo crecía mi determinación. Era hora de dejar de esperar que otros tomaran la iniciativa y asumir la responsabilidad de mi propia vida. Aunque el futuro pareciera incierto y los desafíos enormes, estaba decidida a no retroceder. Era el momento de demostrar mi valentía y fortaleza, incluso si eso significaba enfrentarme al mundo sola.

Al poner un pie en el familiar hall de la comandancia, un agente pareció reconocerme y sin pedirme ningún tipo de identificación, me hizo una señal para que lo siguiera hacia uno de los despachos. Era extraño, pues no recordaba haberlo visto antes entre los numerosos encuentros que había tenido con la Guardia Civil a lo largo de los años. Más adelante, me enteraría de que se trataba del agente Gómez, Fernando Gómez.

Mientras estaba en el despacho con el agente, una chispa de esperanza brilló en mi interior. Quizás este guardia era diferente, alguien que realmente entendía mi situación y estaba dispuesto a ayudar. Su forma de hablar conmigo al principio, con cierta empatía en su tono, me hizo albergar esa ilusión. Incluso expresó su opinión de que debería haber denunciado cada una de las fechorías cometidas por sus compañeros. En aquel momento, quise creer que había encontrado a alguien que comprendía mi lucha, alguien con sensibilidad hacia mi situación. Sin embargo, cuando me solicitó el documento de identidad, una sensación de desconfianza se apoderó de mí. ¿Por qué debería entregarle mi DNI? Sabía por experiencia propia que debía ser precavida con mis datos personales, especialmente en una situación en la que no estaba clara mi posición; si algo había aprendido de mis incontables visitas a aquella comandancia, era que debía tener sumo cuidado con toda la información que allí proporcionaba. Después de todo, había acudido a comisaria por iniciativa propia, sin haber sido citada previamente. ¿Por qué debía identificarme? ¡Me conocían de sobra!

Entonces, me informó de que si no se lo entregaba no podría ayudarme. Y ahí reaccioné. El agente Ojazos se filtraba en cada uno de mis pensamientos, como un reflejo persistente de preocupación. El recuerdo de su presencia en mi casa, junto con Daniel, revolvía mis emociones. Necesitaba respuestas, y la posibilidad de obtenerlas parecía estar ligada a mi cooperación con el agente Gómez. Solo conseguiría información si me mostraba más colaborativa, de eso estaba completamente segura. Una sensación de urgencia se apoderó de mí, impulsándome a tomar una decisión que de otra manera habría rechazado de plano. Con un suspiro de resignación, decidí entregar mi DNI al agente, consciente de que esta acción podría abrir puertas hacia la verdad, pero también temiendo las consecuencias de confiar en alguien cuyas intenciones no estaban del todo claras. Intenciones que se descubrieron ante mí en cuanto accedió a los ficheros y lo primero que apareció en ellos fue el incidente de la denuncia de Daniel. Momento en el que la actitud del agente Gómez cambió por completo. Su expresión pasó de ser amigable a revelar una faceta burlesca y despectiva. Mientras consultaba la foto del detenido, parecía incapaz de contener sus carcajadas, llegando incluso a taparse la boca con la mano en un intento de disimularlas.

No tuvo ni rastro de pudor cuando giró la pantalla del ordenador hacia mí, revelando el rostro poco agraciado de Daniel, que ocupaba toda la imagen. Lo hizo con una sonrisa desafiante, exhibiendo una actitud chulesca mientras juzgaba el físico del detenido sin la más mínima consideración por sus derechos ni su dignidad.

Ante aquella situación, mi reacción fue la de mantener una sonrisa forzada, ocultando mi incomodidad tras una máscara de aparente calma. No quería confrontaciones ni enredarme de nuevo en una lucha que, sabía, estaba perdida de antemano. Mantuve la compostura, recordándome a mí misma mi único propósito: lograr obtener información sobre Ojazos, aunque eso significara tragarme mi orgullo y soportar el desprecio de aquel que supuestamente estaba allí para ayudarme.

Su humillación hacia mí prosiguió cuando, tras consultar mis redes sociales —¡qué obsesión tenía la benemérita con ellas!—, descubrió mi gusto por los peinados de boda. «Así que quieres casarte...», rio.

Después de la burla sobre mis perfiles, que ya me tenía bastante irritada, el agente Gómez parecía decidido a llevar su actitud burlesca al siguiente nivel. ¡Y vaya si lo consiguió! Sacó una camiseta del Betis de la nada y se la puso encima de su uniforme, como si fuera la cosa más graciosa del mundo. Me quedé boquiabierta. No entendía nada; de nuevo, me encontraba ojiplática ante la actitud de un protector de la ley. ¿Acaso era alguna especie de broma interna que yo no entendía? No lo sabía, pero lo que sí estaba claro es que aquel hombre estaba decidido a humillarme de todas las formas posibles.

Por un momento, me sentí como en una película surrealista, donde los agentes de la ley se dedican a hacer payasadas en lugar de proteger y servir. Era una situación tan absurda que no sabía si reírme o llorar. Lo único que me quedaba claro es que aquel agente no era diferente a los demás, solo era otro eslabón más en la cadena de abuso de poder y humillación que había experimentado una y otra vez.

«¿Para qué dices que denuncie a tus compañeros si tú eres como ellos?», mi pregunta quedó suspendida en el aire. Tardó varios segundos en contestar, pero cuando lo hizo fue para responder a base de carcajadas e impregnando cada una de sus palabras con cierta rabia. «No todos somos iguales».

Su respuesta no hizo más que alimentar mi indignación. ¿Cómo podía pretender que creyera semejante disparate después de presenciar su comportamiento deplorable? Me había demostrado todo lo contrario, y no pude evitar hacérselo saber: «¿Sabes qué? —me dirigí a él con todo el desdén que me fue posible—, ahora sí que voy a denunciar al agente Moreno. La próxima vez que me cruce con él, me tendréis que llevar detenida». Fue un acto de desafío, un paso decidido hacia adelante. A pesar de dar la batalla por perdida, decidí que moriría luchando. Era hora de plantar cara y hacer valer mis derechos, aunque fuera contra viento y marea, otra vez.

«¿Me estás amenazando?», Gómez se enfrentó a mí con una mirada que intentaba imponer autoridad. Algo que yo sabía que haría; por eso, no dudé en mi respuesta: «Tómatelo como quieras», zanjé, manteniendo mi postura firme a pesar de la tensión en el ambiente.

Durante los siguientes minutos, Gómez se sumergió en la publicación que me había llevado a presentarme en comandancia: mis insultos proferidos a la benemérita a través de las redes sociales. Observé cómo revisaba cada palabra con meticulosidad, como si estuviera buscando alguna brecha por la que atacarme.

No tardó en informarme de que debería pagar seiscientos euros de multa, pero que él iba a evitarlo por ser conocedor de todo lo que sus compañeros me habían hecho. «¿Qué quieres, que te de las gracias?», respondí con un deje de ironía en mi voz. No me fiaba, ni de él ni de ningún guardia civil. A lo mejor debería haberme sentido agradecida, pero no era así. No después de haber sufrido cada una de las vejaciones proporcionadas por el cuerpo que el agente Gómez representaba.

La reunión se zanjó con la retirada de la multa, un gesto que me dejó con un sabor agridulce. Por un lado, el alivio inundó mi ser al saber que no tendría que hacer frente a ese gasto inesperado, lo cual me permitiría mantener un poco más de estabilidad financiera en medio de esta tormenta de problemas que parecían no tener fin. Sin embargo, por otro lado, una sensación de profunda frustración se apoderó de mí al darme cuenta de que, una vez más, había salido de esa comandancia con las manos vacías en lo que respecta a obtener información sobre Ojazos.

La desilusión se instaló en mi interior como una sombra, recordándome que aún quedaban muchas batallas por librar en mi lucha por la justicia.

13

Después de varios meses, aún me encontraba inmersa en el mundo de las redes sociales, explorando y siguiendo de cerca páginas que se dedicaban a criticar abiertamente a la benemérita. Era como una forma de mantenerme conectada con una comunidad que compartía mi descontento y mis experiencias con la Guardia Civil.

Cada vez que me sumergía en la marejada de comentarios negativos y desfavorables dirigidos hacia la institución, sentía una mezcla de emociones. Por un lado, la satisfacción de ver que no estaba sola en mi opinión, de saber que había muchas otras personas que compartían mis mismas preocupaciones y descontentos. Pero también experimentaba una profunda tristeza al leer las historias de abuso de poder, de injusticias y malos tratos que tantos otros habían sufrido a manos de quienes deberían estar velando por nuestra seguridad. Entre los miles y miles de testimonios, había relatos detallados de encuentros desagradables con agentes de la ley, descripciones vívidas de situaciones donde el abuso de autoridad era evidente. Cada palabra escrita era una llamada a mi propia experiencia, un recordatorio constante de los momentos difíciles que había enfrentado debido al acoso recibido.

Aunque leer aquellas historias podía resultar doloroso, también, en cierto modo, me reconfortaba. Saber que no estaba sola en mi lucha contra la injusticia y el abuso de poder me daba fuerzas para seguir adelante. Me recordaba que mis experiencias no eran únicas, que había muchas otras personas que compartían mis mismas preocupaciones y que juntas éramos más fuertes.

Cada comentario, cada testimonio, era un recordatorio de que no estaba sola en mi lucha, de que había una comunidad de personas dispuestas a alzar la voz contra la injusticia. Esa sensación de pertenencia a un grupo unido por un mismo sentir, fue lo que me llevó a comentar una publicación que encontré sobre el descubrimiento de una plantación de marihuana. Al leer los innumerables comentarios que se reducían a una misma idea, que los guardias civiles seguramente se quedarían con algo de lo confiscado debido a su corrupción, no pude evitar sumarme a ellos. Era consciente de que estaba cometiendo un error, sobre todo después de la última visita que realicé a la comandancia por el mismo motivo; sin embargo, aun así, lo hice. Por supuesto, al unirme al coro de críticas hacia la Guardia Civil, era consciente de que me exponía a posibles represalias. Sin embargo, el sentimiento de solidaridad que experimentaba superaba cualquier temor que pudiera sentir. Sentía que era importante alzar la voz y hacerme eco de las preocupaciones y frustraciones de tantas otras personas que compartían mis mismas inquietudes.

En ese momento, sentí que formaba parte de algo más grande que yo misma, una voz colectiva que se alzaba contra lo que considerábamos injusto y corrupto. Comentar aquella publicación era mi manera de expresar mi descontento y solidaridad con aquellos que habían sido víctimas de abusos de poder por parte de las autoridades. Sentía, más que nunca, que hacerlo era mi deber.

La insistencia de los guardias civiles en buscar mi presencia era implacable, como si estuvieran determinados a sacarme de mi refugio a toda costa. No pasaron ni veinticuatro horas desde mi último comentario en la red, cuando volvieron a aporrear mi puerta con una intensidad que resonaba en cada rincón de mi casa. Las noches no eran una excepción; incluso en la oscuridad, su determinación no menguaba, y el sonido de sus golpes resonaba como una réplica de acusación en mi mente. Me sentía como una fugitiva en mi propia casa, acosada por la presión constante de quienes deberían velar por la ley. Cada golpe en la puerta era un recordatorio de mi vulnerabilidad, de mi soledad en esta lucha contra un sistema que parecía estar en mi contra.

A medida que los días pasaban, la angustia se apoderaba cada vez más de mí, erosionando mi determinación y minando mi resistencia. Reconozco que en más de una ocasión estuve tentada a abrirles con tal de que finalizaran los golpes en el interior de mi apartamento.

Finalmente, cuando la presión se volvió insoportable, decidí enfrentarme a la situación y me presenté, de nuevo, voluntariamente en la comandancia de la Guardia Civil. Aunque sabía que enfrentarme a ellos no sería fácil, sentí que ya no podía seguir huyendo. Era hora de plantarle cara a la situación y defenderme de las acusaciones injustas que se cernían sobre mí.

Al reconocer al guardia que me recibió en la comandancia, una oleada de frustración y desesperanza me invadió. Recordé su presencia en la esquina de una de mis anteriores viviendas durante aquella operación antidroga, y no pude evitar sentir que todo estaba conectado, que cada paso que daba era vigilado de cerca por aquellos que parecían empeñados en hacerme la vida imposible. Su presencia allí, en la comisaría, era otra señal inequívoca de que algo turbio estaba sucediendo entre las filas de la Guardia Civil. Era difícil no sentirse perseguida, como si estuviera atrapada en un juego retorcido en el que las reglas estaban manipuladas en mi contra.

No me sorprendió en lo más mínimo cuando me denunciaron por calumnias. No era más que otro capítulo en la interminable saga de acoso y persecución que había venido experimentando desde que me enfrenté al agente Moreno. En cierto modo, incluso podría decir que lo esperaba. Era como si estuvieran siguiendo un guion preestablecido, cumpliendo fielmente con la amenaza que el omnipresente Moreno había lanzado sobre mí. Cada movimiento que realizaba parecía ser observado de cerca, como si estuvieran esperando cualquier excusa para actuar en mi contra. No importaba lo que dijera o hiciera, siempre encontraban la manera de retorcer mis acciones y presentarlas como algo malicioso. Era evidente que estaban dispuestos a usar cualquier medio para silenciarme y castigarme por atreverme a levantar la voz contra ellos.

La sensación de impotencia y frustración era abrumadora. Por más que intentara mantener la cabeza en alto y defenderme de las acusaciones injustas, sabía que estaba librando una batalla cuesta arriba. No solo estaba luchando contra individuos corruptos dentro de la Guardia Civil, sino también contra un sistema que parecía estar diseñado para protegerlos a toda costa.

A pesar de todo, me negaba a rendirme. Sabía que mi lucha por la justicia era más importante que nunca, y estaba decidida a seguir adelante, incluso si eso significaba enfrentarme a un enemigo tan poderoso y despiadado como Moreno y sus secuaces.

Mi abogado de oficio llegó rápidamente, pero mi enfado tardó aún menos en manifestarse. Decidí dejar fluir la rabia sin ningún tipo de impedimento, como un torrente que arrasa todo a su paso. «¡Lleváis años haciéndome daño! —exclamé, dirigiéndome a cada maldito agente presente en la sala. Quería que entendieran el peso de sus acciones, el impacto que habían tenido en mi vida—. ¡Ya está bien!», continué; mi voz resonando con un tono cargado de frustración y desesperación. Mis palabras brotaban con una fuerza que ni yo misma sabía que poseía. Estaba decidida a zanjar aquel tormento de una vez por todas, incluso estaba dispuesta a renunciar a las redes sociales si eso significaba poner fin a la persecución hacia mi persona. No podía soportarlo más, y lo dejé claro sin reservas.

Fue entonces cuando decidí abordar el tema del accidente de Loli, marcando en mi propia línea temporal y en la de ellos ese momento de inflexión. Aquel incidente había sido el punto de partida de toda esta pesadilla, y sentía que era hora de ponerle un punto final.

Sabían perfectamente a lo que me refería, y no tardaron en confirmarlo cuando el agente de la operación antidroga respondió de manera tajante: «De eso, olvídate. No va a haber juicio». Sus palabras resonaron en la sala, cargadas de una implacable determinación. En ese momento, comprendí que este tema no les interesaba en lo más mínimo, y lo entendí y acepté con resignación. Era evidente que el agente Díaz había movido sus hilos para asegurarse de que el choque entre su coche patrulla y el de Loli no fuera a más ni le causara problemas. La influencia y el poder que ejercían sobre el sistema eran alarmantes, y me resultaba descorazonador darme cuenta de hasta qué punto estaban dispuestos a llegar para proteger sus propios intereses. Me invadió una sensación de impotencia tremenda. ¿Cómo podía ser que pudieran salir impunes de algo tan grave como un accidente de tráfico? Era como si estuvieran por encima de la ley, como si sus acciones estuvieran exentas de cualquier consecuencia. Era una injusticia flagrante, y me sentí completamente desamparada ante ella.

Mi perplejidad no quedó ahí. Ojiplática, me encontré presenciando cómo, de manera repentina, nuestra conversación tomaba un giro inesperado hacia mi supuesta no relación con el agente Ojazos. Era como si estuvieran desviando el foco de atención deliberadamente, tratando de eludir el verdadero asunto en cuestión. Y, para empeorar las cosas, las burlas no tardaron en hacer su entrada en escena. «Me gustas..., le gustas...», escuché sus palabras, cargadas de una infantilidad que resultaba sorprendente viniendo de hombres adultos en una situación como aquella. Tanto mi abogado como yo nos quedamos atónitos ante el espectáculo bochornoso que estábamos presenciando.

Sin embargo, a pesar de mi desconcierto, no pude contenerme. De mi garganta salieron las palabras con más verdad que había pronunciado nunca: «Sois unos sinvergüenzas». Fue como si aquellas palabras fueran la única manera de expresar la indignación y el desprecio que sentía hacia cada uno de ellos.

Me indicaron con brusquedad que saliera al pasillo y esperara a que me llamaran para tomarme las huellas dactilares. La sensación de desolación que me invadió en ese momento fue abrumadora. Sentí como si el peso del desprecio y la injusticia se hubiera instalado en lo más profundo de mi ser. El zafio corporativismo demostrado por aquel cuerpo de seguridad estaba acabando conmigo, minando mi espíritu y erosionando mi confianza en la justicia y en la integridad humana en general.

La decepción que sentía hacia sus acciones contra mí era abrumadora, como un golpe en el estómago que me dejaba sin aliento. En alguna que otra ocasión, había confiado en la justicia, en la imparcialidad de las instituciones, pero ahora me sentía traicionada y abandonada por aquellos en quienes debería poder confiar. Incluso la idea de encontrar a Ojazos, que una vez había sido mi obsesión, ahora me parecía pésima. ¿De qué serviría encontrarlo si todo, absolutamente todo, estaba en nuestra contra? La esperanza se desvanecía lentamente, dejando paso a una sensación de resignación que amenazaba con consumirme por completo.

Entonces, lo entendí y en ese momento de claridad, una sensación de alivio se apoderó de mí, aunque también vino acompañada de una profunda decepción. Había llegado a comprender algo que, en el fondo de mi alma, sabía que era cierto: el agente Ojazos no era más que un guardia civil más. Sus sentimientos hacia mí, si es que alguna vez los tuvo, no habían sido lo suficientemente fuertes como para resistir la corrupción y el corporativismo que parecían impregnarlo todo.

Aquella revelación me golpeó como una ola furiosa, arrastrando consigo todas mis ilusiones y expectativas. Durante mucho tiempo había alimentado la esperanza de que él fuera diferente, de que nuestra conexión fuera real y trascendiera las barreras impuestas por su uniforme y su deber. Sin embargo, ahora veía con dolorosa claridad que todo era una ilusión, un castillo de naipes construido sobre terreno inestable. Fue un duro golpe aceptar que aquellos pensamientos y sueños que había acariciado con tanto fervor no eran más que fantasías, construcciones frágiles que se desmoronaban ante la más mínima brisa de realidad. Me enfrentaba a la dolorosa verdad de que él nunca me había pertenecido, que nuestro destino estaba atado a unas circunstancias que yo era incapaz de cambiar.

Aunque me costara admitirlo, comprendí que no había futuro para nosotros. No podía aferrarme a una ilusión rota, a un sueño imposible que se desvanecía entre mis manos. Era hora de soltar, de dejar ir todo aquello que me había mantenido prisionera de un pasado que ya no existía. Era hora de liberarme del peso de una ilusión rota y encontrar la fuerza para seguir adelante con mi vida, sin mirar atrás.

El regreso a casa tras aquellas interminables setenta y ocho horas de detención no fue un alivio, sino más bien una caída en un abismo de desesperación y angustia. Me sentía como una sombra de lo que solía ser, consumida por el peso de las humillaciones, amenazas, burlas y acoso que había soportado. No pudieron retenerme durante más tiempo debido a la falta de antecedentes penales pendientes, pero eso no significaba que estuviera libre del tormento que me habían infligido. El agente Pablo Díaz había cumplido su amenaza con creces, logrando detenerme y sumirme en un estado de desolación absoluta. Sabía que tenía que poner fin a ese ciclo de violencia y abuso, pero ¿cómo? ¿Cómo podía olvidar el rencor y seguir adelante con mi vida después de todo lo sucedido?

Decidí que era hora de dejar atrás las redes sociales, de cortar cualquier lazo que me mantuviera atada a aquel mundo de desdichas y amarguras, de la misma manera que decidí poner fin a cualquier ilusión que albergara con Ojazos. Pero deshacerse de esos lazos no sería fácil. La sombra del odio y la desconfianza se cernía sobre mí, impidiéndome encontrar la paz interior que tanto ansiaba.

La llamada que recibí desde Sevilla apenas unos días después de mi detención sacudió mi mundo con una fuerza devastadora: mi abuela había fallecido. Sentí como si el suelo se abriera bajo mis pies y me tragase en un abismo de dolor. Regresar a Sevilla para enterrarla se convirtió en una tarea titánica, cargada de emociones encontradas que amenazaban con desbordarme en cualquier momento.

El hecho de llevar años sin ver a mi familia solo aumentó mi angustia. Me embargó un sentimiento de tristeza al recordar cómo la muerte de mi hermano Ángel nos había unido en el pasado, y ahora, una vez más, nos veíamos reunidos por el dolor y la pérdida. Aquellos recuerdos de unión y apoyo mutuo contrastaban con la sensación de soledad y desconexión que me invadía. Cada paso que daba hacia mi ciudad natal estaba impregnado de melancolía y nostalgia. Me encontraba en un torbellino de emociones, incapaz de encontrar consuelo en medio de tanta tristeza. La muerte de mi abuela representaba el fin de una era, un capítulo más que se cerraba en mi vida, dejándome con un vacío abrumador y una sensación de desamparo que me acompañaría mucho tiempo.

Durante el sepelio, las tensiones familiares, propias de momentos de dolor como aquel, no tardaron en surgir. Pequeños roces y desacuerdos afloraron entre algunos parientes, pero afortunadamente, pudieron resolverse sin mayores contratiempos. Con el pasar de las horas, el ambiente fue recuperando cierta normalidad y respeto, permitiéndonos honrar la memoria de mi abuela como se merecía.

Para mí, su pérdida fue devastadora. Ella había ejercido de madre conmigo; su amor incondicional y su apoyo inquebrantable habían sido la cura en los momentos difíciles de mi vida. Perderla en medio de la vorágine emocional desencadenada por el acoso policial fue como perder mi ancla. Sus palabras de aliento y sus abrazos reconfortantes se convirtieron en un recuerdo doloroso, dejándome sumida en un abismo de negrura y desesperación. Cada día sin ella se volvía más oscuro y desolador. Su ausencia dejaba un vacío insondable en mi vida, haciéndome sentir perdida y desamparada en un mundo hostil. La angustia y el desconsuelo se apoderaron de mí, convirtiendo cada momento en una lucha constante por encontrar un rayo de esperanza en medio de la oscuridad que me rodeaba.

Y esa esperanza apareció... ¡vaya si apareció! Y lo hizo con la fuerza de un vendaval, fuerte y extremo; arrasador y contundente.

Estudiar la biblia me salvó. Me refugié en la fe.

Fue un momento de revelación, un despertar repentino que sacudió mi ser con una intensidad arrolladora y liberadora.

Encontré refugio en las páginas de la Biblia. Cada palabra impresa en aquel libro sagrado se convirtió en un bálsamo para mi alma herida, en una guía para mi espíritu sediento de consuelo y dirección. Me sumergí en sus enseñanzas con una devoción renovada, buscando respuestas, consuelo y fortaleza en sus páginas llenas de sabiduría milenaria. La fe se convirtió en mi salvación, en mi roca firme en medio de la tormenta. Encontré consuelo en la certeza de que no estaba sola, de que Dios estaba conmigo en cada paso del camino, sosteniéndome con su amor incondicional y su infinita misericordia. En los momentos de mayor desesperación, encontré consuelo en la promesa de que, incluso en medio de la adversidad, Dios tenía un plan para mí, un propósito que trascendía mi comprensión humana.

Con cada página que pasaba, sentía cómo la fe se fortalecía dentro de mí, transformando mi dolor en esperanza, mi desesperación en confianza. En la Biblia encontré el refugio que tanto anhelaba, la luz que disipaba las tinieblas que amenazaban con consumirme. Y así, con la ayuda de mi fe, comencé a sanar las heridas de mi alma y a encontrar un sentido renovado de propósito y paz interior.

14

A pesar de la enfermedad de mi padre, su deseo siempre fue mantener un ambiente sano y espiritualmente enriquecedor para nosotros, sus hijos. Su devoción por las enseñanzas de Jehová estaba arraigada en su corazón, y su ejemplo de fe nos guiaba incluso en los momentos más difíciles. Recordar su firmeza en la fe y su deseo de transmitirnos valores espirituales se convirtió en mi motor para retomar la lectura de la Biblia.

Por desgracia, actualmente la relación con él es inexistente. La última vez que decidí ir en su busca, lo encontré inmerso en una espiral autodestructiva, consumido por el alcohol y las drogas. No intentó ocultarme su realidad, me mostró sin tapujos el oscuro abismo en el que se encontraba. Verlo en ese estado me inundó de una profunda tristeza y desesperación. Cada rasgo de su rostro reflejaba el peso de sus elecciones y las consecuencias devastadoras que estas habían tenido en su vida. A pesar de mi deseo ferviente de ayudarlo, de rescatarlo de la oscuridad en la que se encontraba, comprendí que esta era su decisión. Al igual que yo había elegido mi propio camino, él también había optado por el suyo, aunque este estuviera plagado de sombras.

Era evidente que la brecha entre nosotros se había vuelto insalvable, un abismo que parecía crecer con cada palabra no dicha y cada gesto de resignación. Me dolió en el alma darme cuenta de que, a pesar de todos mis esfuerzos por mantener viva la llama de la esperanza, debía aceptar la realidad tal y como era. Decidí que aquella sería la última visita que le haría. No porque no lo amara, sino porque amarlo significaba sentirme desprotegida. Verlo así, sumido en la oscuridad de sus adicciones, me destrozaba el corazón, y estaba segura de que para él tampoco era fácil compartir su realidad conmigo. Nos encontrábamos en lugares opuestos, enfrentando demonios internos que nos mantenían separados incluso en los momentos de mayor necesidad.

Una mañana temprano, cuando la tristeza pesaba sobre mí y me costaba encontrar la fuerza para levantarme, escuché el timbre resonar en la puerta una y otra vez. Cada campanada parecía recordarme las veces anteriores en que el sonido del timbre había anunciado la llegada de uniformados con la clara intención de molestarme y acosarme. La idea de enfrentarme a otra posible intrusión de la policía hizo que mis intenciones de levantarme a abrir la puerta fueran escasas, si no inexistentes. Aunque la incertidumbre invadía cada célula de mi cuerpo, un impulso inexplicable me instó a actuar con rapidez y abrir la puerta sin demora. No podía explicar la razón detrás de mi decisión, simplemente seguí mi instinto.

Puse mis pies descalzos sobre el suelo y recorrí el pasillo que me separaba de la puerta de entrada. Con pasos cautelosos y el corazón latiendo con fuerza en mi pecho, me acerqué a la puerta; al asomarme por la mirilla, vislumbré a dos mujeres que aparentaban ser completamente normales. Sin embargo, algo en su presencia me resultaba familiar: sus gestos, su vestimenta... fue entonces cuando los recuerdos de mi infancia inundaron mi mente, trayendo consigo imágenes de los días en que solía asistir al Salón del Reino de Jehová. La atmósfera tranquila y espiritual de aquellos momentos se apoderó de mí, recordándome los valores y enseñanzas que habían moldeado mi niñez.

A pesar de la sorpresa inicial, sentí una extraña sensación de calma al reconocerlas. Durante años, había sentido un vínculo especial con la fe que compartíamos, y ver a estas mujeres frente a mi puerta me recordó los valores espirituales que habían sido una parte fundamental de mi crianza. Aunque no estaba segura de por qué habían venido, me sentí intrigada por lo que podrían tener para ofrecerme. Con una sonrisa que irradiaba gratitud y esperanza, no dudé ni un segundo en abrir la puerta para confirmar lo que ya sospechaba. «Sois testigos de Jehová, ¿verdad?», mi voz resonó con calidez, revelando mi reconocimiento y gratitud por su presencia. La sorpresa se reflejó en sus rostros, como si mi apertura y aceptación les hubieran tomado desprevenidas.

Sin perder tiempo, las invité a pasar, observando cómo sus gestos denotaban cierto asombro ante mi receptividad. Para mí, aquella decisión era más que natural; estaba rebosante de alegría por su visita. Ellas no podían imaginar lo que significaba para mí ese encuentro, cómo su presencia estaba contribuyendo a disipar las sombras que habían oscurecido mi vida, gracias a mi reciente inmersión en el estudio de la Biblia. Esas mujeres, benditas mensajeras de luz, aparecían en mi vida como ángeles salvadores en el momento justo.

A partir de ese instante, la fe comenzó a salvarme de la desesperación y el desaliento que habían marcado mis días recientes. Cada palabra, cada enseñanza que compartían resonaba en lo más profundo de mi ser, ofreciéndome una renovada esperanza y fortaleza para enfrentar los desafíos que se interponían en mi camino. Esa misma mañana, tras dar la bienvenida a las testigos de Jehová en mi hogar, comencé a sumergirme en su comunidad; fue como un renacimiento para mí. Cada palabra que compartían resonaba profundamente en mi ser, ofreciéndome respuestas a preguntas que habían rondado mi mente durante mucho tiempo. Encontré consuelo y claridad en sus enseñanzas, y cada interacción con ellas se convirtió en un faro de luz en medio de la oscuridad que había inundado mi vida en los últimos tiempos.

Conforme me involucraba más en su comunidad, experimentaba un cambio profundo dentro de mí. Las dudas y los temores que habían invadido mi día a día comenzaron a disiparse, reemplazados por una sensación de paz y seguridad que no había sentido en mucho tiempo. Ayudar a los demás se convirtió en una fuente de sanación para mí; el acto de servir y apoyar a quienes lo necesitaban me brindaba un propósito renovado y una sensación de satisfacción que nunca antes había experimentado. A medida que me sumergía más profundamente en la comunidad de los testigos de Jehová, me di cuenta de que había encontrado mucho más que un simple grupo de personas compasivas y solidarias. Había encontrado un verdadero refugio para mi alma, un lugar donde podía ser completamente auténtica y recibir amor y apoyo incondicional.

Cada encuentro con mis nuevos amigos se convirtió en una experiencia enriquecedora, llena de risas, conversaciones profundas y momentos de conexión genuina. Me sentía libre de expresar mis pensamientos y sentimientos más íntimos, sabiendo que siempre sería recibida con comprensión y compasión.

La calidez y la bondad que emanaban de la comunidad me envolvieron como un abrazo reconfortante, disipando cualquier rastro de soledad o inseguridad que había experimentado en el pasado. Su amor incondicional me dio fuerzas para enfrentar los desafíos de mi viaje espiritual y personal, y me recordó que nunca más tendría que caminar sola por la vida.

Encontrar un lugar donde pertenecer y ser aceptada tal como era fue un regalo invaluable, uno que había anhelado muchísimo durante años. Ahora, gracias a los testigos de Jehová, finalmente me sentía en casa, rodeada de personas que me amaban y me apoyaban en cada paso del camino.

Cada día, al enfrentarme a los desafíos y adversidades que la vida me presentaba, me preguntaba qué mal había hecho para merecer todo aquello. ¿Por qué la vida me trataba con tanta dureza? ¿Por qué las personas que debían protegerme no lo habían hecho? Las respuestas a estas y otras cuestiones parecían evadirme, hasta que encontré consuelo y claridad en mi fe en Jehová. Entonces, comencé a encontrar respuestas a mis interrogantes más profundos. Descubrí que, aunque el mundo estuviera lleno de injusticias y dificultades, Jehová siempre estaba ahí para guiarme y darme fuerzas para superar cualquier obstáculo. Su amor incondicional y su promesa de protección me brindaron consuelo en los momentos más oscuros.

Decidí emprender un viaje a Sevilla con la clara intención de recuperar mi infancia, de reconectar con mis raíces y encontrar apoyo en la comunidad de testigos de Jehová que allí residía. Sabía que ellos también se convertirían en mi refugio, que encontraría personas que comprenderían mi historia, compartirían mis valores y estarían dispuestas a ofrecerme su amor y apoyo incondicional.

Al llegar a Sevilla, el aire estaba impregnado de nostalgia y recuerdos. Cada calle, cada esquina, me transportaba a mi infancia, a los momentos compartidos con mi familia en esa ciudad llena de historia y tradición.

Al adentrarme en la comunidad de testigos de Jehová, sentí un cálido abrazo de bienvenida, como si estuviera regresando al hogar después de mucho tiempo.

Las personas que conocí allí no solo me recordaban a mí, sino también a mi familia y nuestra situación. Sus palabras de aliento y su amor sincero fueron un bálsamo para mi alma herida, ayudándome a superar el pasado y encontrar la paz interior que tanto necesitaba.

La Biblia se convirtió en mi refugio seguro en medio de la tormenta. Cada palabra, cada pasaje parecía haber sido escrito específicamente para mí, como si Jehová mismo estuviera hablando directamente a mi corazón. Recuerdo especialmente aquel pasaje que dice que, aunque tus padres te abandonen, Jehová nunca lo hará. Esas palabras resonaron en lo más profundo de mi ser, recordándome que no estaba sola, que siempre había alguien cuidando de mí, incluso en los momentos más oscuros.

Poco a poco, la perspectiva sobre mi vida y mis experiencias empezó a cambiar radicalmente. Comencé a ver cada desafío, cada obstáculo como una oportunidad para crecer y fortalecer mi fe. Me di cuenta de que, si no me hubiera alejado de esta, nada de lo ocurrido hubiera sucedido. Reconocía plenamente que mi trabajo en hostelería había contribuido a una vida nocturna agitada, más intensa de lo que yo misma hubiera deseado. Sin embargo, comprendí que mi estilo de vida había sido una elección personal, una elección que me había alejado de mis creencias y valores.

A pesar de mis errores y fallos, encontré consuelo en la certeza de que Jehová siempre estaba ahí para guiarme en mi camino hacia la redención y la reconciliación. Cada página de la Biblia me recordaba que siempre había esperanza, siempre había una oportunidad para volver al camino correcto y encontrar la paz. Volver a abrazar mi fe fue más que una decisión; fue mi salvación.

Fue la promesa de la Resurrección lo que cambió radicalmente mi perspectiva sobre la muerte de mi hermano Ángel. Antes, era una herida abierta que me consumía, un dolor que parecía no tener fin. Sin embargo, al sumergirme en las enseñanzas de la Biblia, encontré paz y consuelo en la certeza de que algún día nos reuniríamos nuevamente. Esta promesa llenó mi corazón de esperanza, dándome la fuerza para sanar y para retomar la relación con el resto de mi familia. Con el tiempo, aprendí a ver la muerte no como un final, sino como un nuevo comienzo, una transición hacia una vida eterna junto a Jehová. Esta comprensión transformó mi dolor en paz, mi tristeza en esperanza, y me dio la fortaleza para seguir hacia adelante.

La relación con mi madre ha experimentado una transformación notable en los últimos tiempos. Después de romper con su pareja, pareció liberarse de un peso que la había atado durante años. Esta liberación no solo le permitió encontrar una nueva perspectiva sobre su vida, sino también sobre su papel como madre. Reconoció que durante los años en que priorizó su relación, descuidó nuestra infancia y perdió momentos preciosos con sus hijos. Aunque su arrepentimiento era evidente, me resultó difícil adaptarme a su nueva actitud. Parecía empeñada en borrar todo rastro del pasado, como si los años de ausencia y abandono nunca hubieran sucedido. Esta negación me causó confusión y dolor, pero nuevamente encontré consuelo en las enseñanzas de la Biblia. Comprendí que no me correspondía a mí juzgarla, debía dejar ese juicio en manos de Dios. Con esta comprensión, decidí perdonarla y abrir mi corazón a una relación más saludable y armoniosa. Nos esforzamos por dejar atrás los conflictos del pasado y construir un nuevo vínculo basado en el respeto y la comprensión mutua.

Tras años de distanciamiento y falta de comunicación con mis hermanos, la pandemia de COVID-19 nos ofreció una oportunidad inesperada para reconciliarnos. Inspirada por Jehová, decidí aplicar el principio del perdón y la compasión en nuestras relaciones. A pesar del dolor y los resentimientos del pasado, comprendí que aferrarse a esos sentimientos solo alimentaba la amargura y la discordia. La crisis global nos recordó la fragilidad de la vida y la importancia de la unidad familiar en tiempos difíciles. A medida que el virus se extendía y la muerte acechaba en todo el mundo, sentí la urgencia de dejar de lado nuestras diferencias y buscar la reconciliación. Recordé las palabras de Jehová sobre perdonar a los que nos han hecho daño, incluso en los momentos más difíciles.

Siguiendo este principio, me propuse tender puentes con mis hermanos, sabiendo que el perdón era el primer paso hacia la curación y la restauración de nuestra relación. Fui retomando el contacto con ellos de manera gradual, paso a paso, sin recriminaciones ni reproches, solo con el poder sanador del perdón. Fue un proceso lento pero gratificante, en el que poco a poco fuimos reconstruyendo los lazos que el tiempo y las circunstancias habían desgarrado. ¡Y lo logramos! Me abrí a ellos, compartiendo mis experiencias, mis alegrías y mis penas. A través del perdón mutuo, encontramos la fuerza para dejar atrás el pasado y mirar hacia adelante con renovada esperanza y reconciliación.

Una de las experiencias más significativas de esta reconciliación fue cuando mi hermana estuvo esperando su último hijo. Me permitió estar a su lado durante todo el proceso, desde el embarazo hasta el parto. Fue un momento de profundo alivio y gratitud, ya que a pesar de todo lo que había pasado entre nosotras, ella seguía siendo mi hermana, una parte inseparable de mi vida y mi historia. Estar presente en ese momento tan importante no solo me llenó de alegría y emoción, sino que también me recordó la importancia de perdonar y aceptar a las personas tal como son, con sus virtudes y sus defectos. Aceptar a mi hermana en ese momento significaba aceptarla por completo, con todas sus imperfecciones y errores pasados. Y fue en ese acto de perdón y aceptación donde encontré la verdadera paz.

Reconectar con mi hermano pequeño fue un proceso similar, pero igual de gratificante. Me sentí agradecida por tener la oportunidad de recuperar nuestra relación y poder ser un apoyo para él en un momento tan difícil como el que estábamos atravesando. Javier estaba pasaba por tiempos difíciles. El cierre del hotel donde trabajaba debido a la pandemia había dejado a su familia en una situación económica precaria. En ese momento, me convertí en su guía, orientándolo sobre las ayudas disponibles y brindándole el apoyo emocional que tanto necesitaba. A través de la compasión, encontré la fuerza para ser un apoyo sólido para él y su familia en un momento de necesidad.

Reflexionando sobre todo lo ocurrido, llegué a una conclusión importante: no importa que mis hermanos no hubieran hecho lo mismo por mí, lo que realmente importa es que mi fe me había dado la fuerza necesaria para perdonar, sanar y seguir adelante. Fui consciente de que el perdón no solo liberaba a los demás de sus errores, sino que también me liberaba a mí de cualquier resentimiento y amargura que pudiera haber albergado en mi corazón. Con esta comprensión, pude dejar ir el pasado y mirar hacia adelante con renovada esperanza y amor.

15

Mi experiencia con la Guardia Civil fue una montaña rusa de emociones, una travesía llena de desafíos, acoso, humillaciones y amenazas que parecían no tener fin. Desde el momento en que decidí alzar la voz contra las injusticias que sufrí a manos de algunos miembros de este cuerpo policial, me encontré en un laberinto de adversidades que amenazaban con consumirme. Recuerdo vívidamente aquellos días en los que las visitas constantes a mi puerta, los aporreos nocturnos y las denuncias infundadas se convirtieron en la nueva normalidad. Las amenazas y las humillaciones públicas se convirtieron en parte de mi día a día, y cada enfrentamiento con un miembro de la Guardia Civil era una prueba más de mi resistencia emocional y psicológica.

Cuando miraba hacia atrás y reflexionaba sobre los años de resentimiento y amargura que había albergado en mi corazón hacia los agentes de la benemérita, me maravillaba de la profunda metamorfosis que había tenido lugar en mi interior. Antes, el odio y el rencor eran mis compañeros constantes, consumiendo mi ser y oscureciendo cada aspecto de mi vida. Pero gracias a la influencia restauradora de mi fe, todo eso cambió. Fue un proceso gradual y desafiante, como un viaje a través de un oscuro laberinto emocional. En cada esquina había recuerdos dolorosos y momentos de angustia que amenazaban con arrastrarme de vuelta a la oscuridad del resentimiento. Pero, armada con mi fe, me aferré a la esperanza y continué avanzando hacia adelante, sabiendo que Jehová estaba a mi lado, guiándome con su amor y su compasión.

Comprendí que aferrarme al odio solo me mantenía atrapada en un bucle interminable de sufrimiento, y que el perdón era el camino hacia la verdadera libertad. Aunque había momentos en los que la tentación de sucumbir al odio era abrumadora, la luz de mi fe me recordaba que había un camino mejor, un camino de piedad y misericordia.

Debo admitir que no fue fácil dejar atrás años de rencor arraigado. Los recuerdos de la persecución implacable a la que fui sometida durante años seguían acechando en las sombras de mi mente, amenazando con socavar mi paz interior. Incluso ahora, en momentos de debilidad, la risa maliciosa del agente Moreno o las humillaciones públicas que sufrí pueden asomarse en mis pensamientos, como fantasmas del pasado. Sin embargo, gracias a mi fe, tengo el poder para resistir esos pensamientos oscuros. Jehová me sostiene con su amor incondicional y me ayuda a mantenerlos a raya. Cada día, recibo fuerzas nuevas para enfrentar los retos que estén por venir, sabiendo que no estoy sola. La clemencia que he cultivado a través de mi fe me ha permitido liberarme del peso del resentimiento y encontrar una paz que trasciende cualquier dolor pasado.

Mi viaje a través de las tinieblas del acoso y la persecución por parte de la benemérita me enseñó lecciones que, paradójicamente, se convirtieron en la luz que guio mi camino hacia una transformación espiritual profunda. En medio del caos y la desesperación, descubrí el poder del amor y el perdón, dos fuerzas que, alimentadas por mi fe en Jehová, se convirtieron en mis aliadas más poderosas.

Cada día, me levantaba con un corazón lleno de gratitud, consciente de la profunda transformación que había tenido lugar en mi interior. A través de mi fe, aprendí a ver a mis opresores con compasión, reconociendo que también eran seres humanos imperfectos, vulnerables a las debilidades y tentaciones de la vida. En lugar de alimentar el odio y la amargura, elegí llenar mi corazón de amor y comprensión, sabiendo que esta era la única manera de encontrar el verdadero camino a la salvación.

Reencontrarme con Jehová no solo me brindó consuelo, sino que también me proporcionó respuestas a preguntas que durante mucho tiempo habían acechado mi mente y mi corazón. Descubrir la verdad sobre la muerte y entender la promesa de la resurrección me llenó de esperanza y paz, liberándome del peso de la incertidumbre y el miedo. Incluso, cuando recuperé las fuerzas, pude dejar atrás el tratamiento psicológico.

A día de hoy, me siento profundamente agradecida por haber mantenido mi independencia y haberme aferrado a mi hogar, el refugio que tanto esfuerzo me costó construir y que tanto significa para mí. Aunque los tiempos oscuros y difíciles hayan pasado, sé que mi fe en Dios seguirá siendo mi roca inquebrantable, mi guía en los momentos de adversidad.

Día a día anhelo más fervientemente la realización de la promesa divina de un mundo sin maldad ni violencia, donde los débiles ya no sean oprimidos por los poderosos. Es un anhelo que late en lo más profundo de mi ser, una visión de armonía y justicia que deseo ver realizada en esta tierra. Sin embargo, mientras espero con paciencia y fe la llegada de ese día, sé que mi futuro está seguro en las manos de Dios. Confío plenamente en su plan para mí, en sus designios que se tejen con amor y sabiduría. Aunque a veces el camino pueda parecer oscuro y lleno de desafíos, sé que cada paso que doy está guiado por su luz y su bondad infinita. Mi compromiso con él es inquebrantable; no importa cuán turbulento sea el camino, nunca más me alejaré de su amor y su guía. En medio de las incertidumbres y los desafíos de la vida, encuentro consuelo y fortaleza en su propósito lleno bendiciones. Su presencia en mi vida es mi mayor tesoro.

Epílogo

El sol se alza majestuoso en lo alto del cielo, derramando su luz dorada sobre el mundo y llenando cada rincón de mi ser con su cálido resplandor. Es un amanecer radiante, un nuevo día que se abre paso a través de las sombras del pasado y me invita a mirar hacia adelante con renovada esperanza y determinación. Me encuentro en un punto de mi vida donde el pasado, con sus recuerdos y sus lecciones, se desvanece lentamente en el horizonte. Las lágrimas derramadas y los momentos de angustia quedan atrás, como páginas de un libro que ya he leído y comprendido. Ahora, el futuro se extiende ante mí como un lienzo en blanco, listo para ser llenado con nuevas experiencias, sueños y aventuras.

Es un momento de profunda reflexión y gratitud, donde puedo mirar atrás y apreciar todo lo que he superado, todo lo que he aprendido y todo lo que he logrado. Cada desafío, cada obstáculo, ha sido una oportunidad de crecimiento y transformación, preparándome para este momento de cambio y renovación. Sé que el camino que tengo por delante estará lleno de retos y oportunidades, de alegrías y tristezas, pero también sé que estoy preparada para enfrentarlos con coraje y determinación. Porque tengo la certeza de que cada paso que doy me acerca un poco más a mis sueños, a mis metas y a la persona que aspiro a ser. Mientras miro hacia adelante, hacia ese horizonte lleno de posibilidades, siento una profunda sensación de optimismo. Sé que lo mejor está por venir y estoy lista para recibirlo con los brazos abiertos. Cada día es una nueva oportunidad de crecer, de aprender y de ser feliz. Y estoy lista para aprovecharla al máximo.

Mi viaje espiritual ha sido una travesía que se ha desarrollado a través de un paisaje desconocido, donde cada sendero que he recorrido me ha llevado a lugares inesperados y ha revelado aspectos de mí misma que nunca antes había explorado. Ha sido un proceso de desentrañar las capas de dolor y sufrimiento que durante tanto tiempo habían oscurecido mi visión, para descubrir la luz interior que siempre estuvo presente en mi ser.

Hacia Adelante, el libro de mi vida, es una crónica de mi viaje personal a través de las vicisitudes del destino y las profundidades del alma. Cada página, cada capítulo, está impregnado de la esencia misma de lo que significa ser humano: la lucha, la superación, el dolor, la sanación, el amor y la redención se entrelazan en una compleja y hermosa danza que ha dado forma a la persona que soy hoy. A medida que enfrentaba mis propios demonios internos y luchaba contra mis propias batallas, descubrí la capacidad de superar mis errores y aprender de mis fracasos.

Ojalá, querido lector, en mis palabras encuentres una fuente de inspiración. Ojalá cada uno de mis logros y también de mis errores te ayuden a comprender que la vida, además de ser una carrera de obstáculos, puede ofrecerte la redención que necesitas. Espero que mis palabras te ayuden a comprender que la vida, aunque sea una carrera de obstáculos, también es un camino de transformación. Por más oscuro que parezca el túnel, siempre hay una luz al final esperando ser descubierta. A través de mis propias vivencias, he aprendido que cada uno de nuestros actos tiene consecuencias, y que nuestras elecciones pueden forjar nuestro destino de formas inesperadas.

No obstante, no debemos conformarnos con la simpleza de nuestras circunstancias. Debemos ser valientes y enfrentarnos a las injusticias con determinación, incluso cuando las probabilidades estén en nuestra contra. Porque es en esos momentos de zozobra donde encontramos la verdadera fuerza interior, donde descubrimos de lo que somos capaces cuando nos mantenemos firmes en nuestras convicciones y perseveramos a pesar de los obstáculos que se interponen en nuestro camino. A través de mi historia te animo a no rendirte ante las dificultades y a buscar siempre la absolución en cada situación. Porque, al final del día, somos arquitectos de nuestro propio destino, y cada paso que damos nos acerca un poco más a la plenitud y la realización personal. Que estas palabras te inspiren a seguir luchando por lo que crees, a perseguir tus sueños con fervor y a nunca perder la esperanza.

Mi infancia no fue fácil, ya has sido testigo de ello. Sin embargo, en medio de la oscuridad siempre hubo una chispa de esperanza, una fuerza interior que me impulsaba a seguir adelante a pesar de todo.

En momentos de desaliento, encontraba consuelo en la memoria de mi hermano Ángel, cuya presencia, aunque ausente físicamente, seguía iluminando mi camino con su recuerdo. Su memoria se convirtió en un faro de luz en medio de la oscuridad, recordándome que siempre había un motivo para seguir luchando. Pero no solo era el recuerdo de mi hermano lo que me impulsaba a seguir adelante. También estaba la necesidad básica de encontrar un techo bajo el que dormir, de asegurarme de que el próximo día amanecería con un lugar seguro donde refugiarme. La supervivencia, en su forma más primitiva, era una fuerza motriz que me empujaba a continuar incluso en los momentos más oscuros. Y ¿cómo olvidar las ocasiones en las que tuve que enfrentarme al abuso de poder, a la injusticia y al acoso que parecían acechar en cada esquina? En esos momentos, mi determinación se fortalecía, alimentada por la indignación y la necesidad de justicia. Aunque fuera difícil, encontraba la fuerza para resistir, para alzar la voz y enfrentarme a aquellos que intentaban someterme.

Llámalo energía, llámalo fuerza, llámalo fe. Sea como sea, siempre había un fuego ardiendo en mi interior, una luz que se negaba a apagarse incluso en los momentos más oscuros. Porque, a pesar de todas las pruebas y tribulaciones, siempre había un camino hacia la salvación. Un camino para liberarse del odio, el rencor y el malestar que amenazan con corromperlo todo. Y yo, con cada paso que doy, sigo acercándome un poco más a esa redención, a esa paz interior que siempre he deseado.

La soledad se convirtió en mi fiel compañera, no me abandonaba a cada paso que daba. Con el tiempo, llegué a aceptar su presencia, a encontrar cierta comodidad en su compañía, aunque a veces fuera más bien una ilusión de consuelo que una verdadera satisfacción. Me acostumbré a su abrazo frío, a su silencio que llenaba cada rincón de mi ser.

Sin embargo, la falta de apoyo, la ausencia de una mano amiga en la que apoyarme, también fue una carga que llevé sobre mis hombros. Hubo momentos en los que sentí que caía en un abismo de desesperación, donde la soledad se volvía asfixiante y parecía no haber salida. Pero en esos momentos oscuros, cuando pensaba que todo estaba perdido, Dios intervino de formas inesperadas, colocando en mi camino a personas que se convertirían en mis salvavidas.

Mi comunidad, con sus palabras de aliento, sus gestos de amabilidad y su simple presencia, me demostraron que no estaba sola, que siempre había alguien dispuesto a tenderme la mano y ayudarme a salir a flote. A través de ellos, comprendí la importancia de las compañías y el ambiente en el que decidimos pasar nuestro tiempo. Aprendí que rodearme de personas que me apoyan y me inspiran es fundamental para mi bienestar emocional y mi crecimiento personal.

Busca tu lugar en este mundo, pero no te conformes con cualquier rincón. Encuentra aquellos espacios donde puedas crecer, donde tus sueños encuentren eco y tus aspiraciones se conviertan en realidad. Busca a los mejores compañeros de viaje, aquellos que te impulsen a ser mejor, que te inspiren a alcanzar nuevas alturas y que estén contigo en las buenas y en las malas. La vida, con todas sus complejidades y desafíos, ya es lo suficientemente difícil como para añadirle las complicaciones que traen consigo las malas compañías. No permitas que personas tóxicas o relaciones destructivas empañen tu camino. Aprende a reconocer los signos de advertencia y alejarte de aquellos que te arrastran hacia abajo en lugar de elevarte.

En la simplicidad está la clave. No se trata de acumular riquezas materiales o perseguir el éxito a toda costa. La verdadera riqueza reside en las relaciones auténticas, en los momentos compartidos con aquellos que realmente te valoran y te apoyan. No hay abuso de poder ni humillación que pueda opacar la sensación de libertad que experimentas cuando te rodeas de personas que te fortalecen, que te desafían a ser la mejor versión de ti mismo. Así que no temas alejarte de lo que te hace daño, de lo que te limita o te somete. Busca la valentía de decir adiós a lo que no te sirve y da la bienvenida a lo que te hace crecer. Porque en un entorno sano y positivo es donde florecerás, donde encontrarás la fuerza para superar cualquier obstáculo y alcanzar tus sueños más audaces.

No trato de dar lecciones a nadie, ni mucho menos pretendo ser un ejemplo a seguir. Mi historia, ahora que eres conocedor de ella, no busca que sigas mis pasos, sino que encuentres tu propio camino, uno que te lleve hacia la luz en lugar de sumergirte en las sombras de la desesperanza y la perdición en las que yo me encontré.

La vulnerabilidad —palabra con la que comienza esta novela— puede despojarnos del control, tanto de nuestras acciones como de nuestras emociones. En mi caso, descubrí que enfrentar mis debilidades, aunque doloroso y desafiante, también fue una lección valiosa. Cada tropiezo, cada error, me ofreció la oportunidad de aprender y crecer. Aprendí que incluso en los momentos más oscuros, hay lecciones que podemos extraer, experiencias que nos moldean y nos fortalecen para el futuro.

No estoy aquí para decirte qué hacer o cómo vivir tu vida, pero sí deseo transmitirte un mensaje de esperanza y fortaleza. Aunque la vulnerabilidad nos haga sentir desamparados y perdidos, también puede ser el punto de partida hacia una transformación profunda. A través de mis propias experiencias, he aprendido que nuestras debilidades pueden convertirse en nuestras mayores fortalezas, si estamos dispuestos a enfrentarlas y aprender de ellas.

Así que, aunque te enfrentes a tus propios desafíos y caigas en momentos de desesperación, recuerda que cada obstáculo es una oportunidad para crecer, para aprender y para avanzar. No temas a la vulnerabilidad, abrázala como parte de tu viaje y deja que te guíe hacia una vida más auténtica y plena.

Resulta irónico, ¿verdad? Después de tantos momentos oscuros y dramáticos que he compartido contigo, pueda ser yo misma quien ahora se alce como una abanderada del pensamiento positivo. Pero así es como funciona la vida, llena de giros inesperados y contradicciones aparentes. Sin embargo, como ya he indicado anteriormente, hay algo que ha cambiado el rumbo de mi existencia de una manera que nunca hubiera imaginado: mi fe. Puede que a lo largo de mi vida me haya enfrentado a la ausencia de figuras paternas, la falta de empatía de aquellos que me rodeaban, las humillaciones, el abuso de poder y las violaciones a mi intimidad. Pero nada de eso ha logrado opacar el amor que siento por Dios. Mi fe es mi mayor fortaleza, es el refugio al que acudo en los momentos de desesperación, la fuente de esperanza que nunca se agota.

Así que sí, puede parecer irónico que después de todo lo que he vivido, sea yo quien abrace el pensamiento positivo con tanta fuerza. Pero es precisamente esa fe inquebrantable la que me ha permitido encontrar la paz y la alegría incluso en medio de tanta adversidad.

Siendo sincera, de vez en cuando, me sorprendo cerrando los ojos y sintiendo cómo esos recuerdos resurgen de las sombras del pasado, cual espectros que se niegan a desaparecer por completo. El accidente de Loli, un punto de inflexión en mi vida, marca el comienzo de una odisea llena de desafíos que nunca imaginé enfrentar. Las amenazas y vejaciones de la Guardia Civil, los asaltos a mi intimidad, los golpes sordos que resonaban en mi puerta como un eco ominoso... y aquellos ojos, profundos y penetrantes, que parecían escudriñar hasta mi alma. Sin embargo, curiosamente, estos recuerdos ya no me sumergen en las tinieblas del pasado, sino que se han transformado en hilos sueltos que tejen el tapiz de mi vida presente. Cada vez que afloran, me recuerdan la fuerza interior que yace en lo más profundo de mi ser, la resiliencia que me permitió sobrevivir a las circunstancias más complicadas. Son como pequeños destellos de luz en la oscuridad, recordatorios de que, si fui capaz de superar aquellos momentos tan oscuros y desalentadores, ¿qué no seré capaz de superar ahora?

Es cierto que esos recuerdos aún provocan un estremecimiento en mi ser, una mezcla de dolor y determinación que se entrelazan en mi corazón. Pero, en lugar de sumergirme en la desesperación, encuentro en ellos un recordatorio de mi propia fortaleza. Cada amenaza, cada golpe, cada mirada inquisitiva se convierten en testimonios de mi capacidad para resistir y recordar mi fortaleza. Así que, aunque esos recuerdos puedan suscitar emociones complejas y contradictorias en mi interior, también me recuerdan que soy capaz de enfrentar cualquier desafío que la vida me depare. Son como faros en la noche, guiándome hacia adelante con la certeza de que, pase lo que pase, siempre encontraré la fuerza y la determinación para seguir hacia adelante.

Cada amanecer trae consigo un nuevo desafío, una nueva oportunidad de demostrar nuestra fortaleza. La vida, como un lienzo en blanco, nos presenta una serie de pruebas que moldean nuestro carácter y nos enseñan lecciones valiosas. A través del tumulto de experiencias, descubrimos nuestra verdadera fuerza interior y aprendemos a encontrar belleza en la adversidad. Los desafíos que enfrentamos pueden parecer abrumadores en el momento, como montañas imposibles de escalar, pero es precisamente en esos momentos de mayor adversidad donde encontramos una oportunidad para crecer y prosperar. Cada obstáculo, por difícil que sea, nos impulsa a mirar dentro de nosotros mismos en busca de la fuerza y la determinación necesarias para superarlo.

Es en los momentos más oscuros donde descubrimos nuestra luz interior, esa chispa de esperanza que nos impulsa a seguir adelante incluso cuando todo parece perdido. Es ahí, justo ahí, donde nos damos cuenta de que somos más fuertes de lo que jamás imaginamos, capaces de superar desafíos que en un principio parecían insuperables. Cada tropiezo, cada contratiempo, nos brinda la oportunidad de crecer y evolucionar como personas. Aprendemos a adaptarnos a las circunstancias cambiantes, a encontrar soluciones creativas a los problemas que enfrentamos y a cultivar una mentalidad de resolución de problemas que nos impulsa hacia adelante en nuestro viaje.

Así que, aunque la vida pueda ser un camino lleno de baches y giros inesperados, también es un viaje de autodescubrimiento y crecimiento personal. Cada desafío nos brinda la oportunidad de transformarnos en la mejor versión de nosotros mismos.

En momentos de profundo sufrimiento, encontrar una luz que guíe nuestro camino puede parecer una tarea desalentadora. En mi caso, esa luz fue mi fe, una fuerza interior que me sostuvo cuando todo parecía desmoronarse a mi alrededor. Sin embargo, entiendo que la fe no es la solución para todos. Cada uno de nosotros enfrenta sus propias batallas, sus propios demonios internos, y lo que funciona para uno puede no funcionar para otro.

Pero ¿y si recurrimos a otras herramientas que todos tenemos a nuestro alcance? El amor, el perdón, la empatía... Son como rayos de luz que pueden penetrar incluso en las más densas tinieblas. Estos sentimientos y emociones pueden actuar como poderosas armas en nuestra lucha diaria contra el sufrimiento y la injusticia.

El amor tiene el poder de sanar heridas profundas y de unir corazones rotos. Al ofrecer amor incondicional a los demás y permitirnos recibirlo a cambio, creamos un vínculo que nos sostiene en los momentos más difíciles. A veces es difícil, como bien sabes, a mí misma me costó años llegar a un buen entendimiento con la mayor parte de mi familia; pero también eres consciente de que lo conseguí. ¿Por qué en tu caso va a ser diferente? Recuerdo los años de distancia y desconfianza que nos separaron a mi familia y a mí, las palabras no dichas y los resentimientos acumulados que amenazaban con romper cualquier posibilidad de reconciliación. Fue un camino lleno de obstáculos y retrocesos, pero cada paso que di hacia la reconciliación me acercaba un poco más a la paz interior que tanto anhelaba.

El perdón, por su parte, nos libera del peso del pasado y nos permite avanzar con ligereza hacia el futuro. Al perdonar a aquellos que nos han herido, no solo les liberamos a ellos, sino que también nos liberamos a nosotros mismos del resentimiento y la amargura que nos consumen. En mi caso, fue altamente complicado perdonar cada una de las zafias conductas provenientes de la benemérita, pero darme cuenta de que cada segundo que no pensaba en ellos, era un segundo que ganaba para mi nueva vida, me ayudó a superarlo. Concederles cierto perdón me permitió reconciliarme conmigo misma y con el mundo que me rodea. Al liberar el resentimiento que había acumulado hacia ellos, también me liberé del autoengaño y la autocrítica despiadada. Acepté que yo era humana, que cometía errores y que merecía amor y compasión, incluso de mí misma.

La empatía nos conecta con la humanidad compartida, nos recuerda que no estamos solos en nuestras luchas. Al ponernos en el lugar del otro y comprender su dolor, podemos ofrecer consuelo y apoyo mutuo en tiempos de necesidad. Mi mayor apoyo lo encontré en la comunidad de los testigos de Jehová; a través de ellos, descubrí el poder transformador de rodearnos de personas que nos inspiran, nos apoyan y nos alientan a ser lo mejor que podemos ser. Comprendí que nuestro tiempo es uno de nuestros recursos más preciosos, y que no debemos malgastarlo con aquellos que no lo valoran ni lo merecen.

En la calidez y la bondad de la comunidad, encontré un santuario donde podía ser yo misma sin temor al juicio o la crítica. Cada reunión, cada conversación, cada momento compartido me recordaba la importancia de las relaciones humanas genuinas y significativas. Con su ejemplo, aprendí a discernir entre quienes sumaban luz y alegría a mi vida y quienes la opacaban con negatividad y toxicidad.

Me di cuenta de que las relaciones auténticas son fundamentales para nuestro bienestar emocional y espiritual. Aprendí a valorar cada conexión humana como un regalo preciado, una oportunidad para crecer, aprender y compartir experiencias de vida.

Mis amigos se convirtieron en mis confidentes, mis consejeros y mis compañeros de viaje en este camino espiritual y personal. Juntos, exploramos las profundidades de la fe, compartimos nuestras alegrías y nuestras luchas, y nos apoyamos mutuamente en los momentos difíciles. Gracias a su influencia positiva, comprendí la importancia de rodearnos de personas que nos desafíen a ser mejores, que nos inspiren a alcanzar nuestras metas y que nos sostengan cuando tropezamos en el camino. Aprendí que no estamos solos en este viaje llamado vida, y que el amor y el apoyo de una comunidad solidaria pueden marcar la diferencia en nuestro bienestar y felicidad.

Así que, si algo he aprendido de mi experiencia, es que la calidad de nuestras relaciones humanas es un factor determinante en nuestra calidad de vida. Vale la pena invertir tiempo y energía en cultivar conexiones significativas y auténticas, porque al final, son esas relaciones las que nos sostienen, nos fortalecen y nos hacen sentir verdaderamente vivos.

No quiero que el final de mi libro se convierta en una simple celebración del amor y la amistad, aunque son valores fundamentales en la vida. Lo que realmente anhelo es que mi lucha contra las injusticias, con todos sus errores y aciertos, sirva como inspiración para tomar las decisiones adecuadas en los momentos cruciales de tu propia vida. Que mis experiencias te guíen en tu propio camino hacia la superación y la realización personal.

La vida está llena de desafíos y obstáculos, y es fácil sentirse abrumado por la oscuridad de la depresión, la ansiedad y el malestar. Pero no debemos permitir que esas sombras nos consuman por completo. En los momentos más difíciles, es crucial aferrarse a la fe, a la esperanza y a la fuerza interior que todos poseemos. Esos son los pilares que nos sostienen cuando todo lo demás parece derrumbarse a nuestro alrededor. Además, es fundamental rodearnos de personas que estén dispuestas a ser nuestra red de seguridad en los momentos de necesidad. No estamos solos y contar con el apoyo y la compañía de amigos, familiares y seres queridos puede marcar una gran diferencia en nuestra capacidad para superar los desafíos que se nos presentan.

Más allá de cualquier mensaje superficial de optimismo, lo que quiero transmitir es la importancia de sostener la fe en ti mismo, en los demás y en algo más grande que nosotros mismos. Mis experiencias, con todas sus luces y sombras, están aquí para inspirarte a descubrir tu propia fuerza interior, a cultivar relaciones significativas y a avanzar con valentía y determinación, incluso cuando te encuentres en los momentos más oscuros y desafiantes de la vida.

No desesperes, porque el proceso de autoconocimiento puede llevar tiempo. Puede que pasen años hasta que te reconozcas a ti mismo. Pero lo importante es entender que cada caída, cada error y cada desatino forman parte inherente de tu camino, de tu experiencia y, en última instancia, de tu salvación.

Cada obstáculo superado, cada lección aprendida, te acerca un poco más a comprender quién eres realmente y cuál es tu propósito en este mundo. No temas a los momentos difíciles ni a las pruebas que la vida te presente, porque son precisamente esas pruebas las que te permiten crecer y evolucionar como persona.

Así que mantén viva la llama de la esperanza en tu corazón, incluso en los momentos más oscuros. Confía en tu capacidad para superar los desafíos que se crucen en tu camino y en la fuerza que reside en lo más profundo de tu ser. Recuerda que, aunque el camino pueda parecer tortuoso en ocasiones, cada paso que das te acerca un poco más a la realización de tu verdadero potencial. Eso sí, utilízalo siempre para avanzar siempre HACIA ADELANTE.

Agradecimientos

Vaya por delante, que como se ha indicado al inicio del manuscrito, respeto encarecidamente el deber de cada uno de nuestros cuerpos de seguridad.

Sin embargo, al mismo tiempo, permitidme que las palabras de este libro reflejen el más puro y sincero de los agradecimientos a cada uno de los agentes que se interpusieron en mi camino. Vuestras humillaciones se han convertido en mi fuerza.

Y, gracias a ti, querido lector. Compartir determinados acontecimientos de mi vida no ha sido fácil, pero confío en que los valores y sepas aplicarlos a tus propias enseñanzas.